季刊文科セレクション
2

季刊文科編集部

鳥影社

季刊文科セレクション（2）　目次

凪の海

西田　宣子

〈著者紹介〉
西田　宣子（にしだ・のぶこ）
一九四五年生まれ。福岡県太宰府市在住。
「季刊午前」同人。
著書
『チョウチンアンコウの宿命』（梓書院）
『おっぱい山』（梓書院）

水の匂いが好きだ。できるなら、いつも全身をすっぽりと水に包まれていたい。海辺の町で生まれ育ったからかもしれない。できるなら水のそばで生きたいと、そういう場所で生きてきた。今も川沿いの町に住んで二十年近くになる。ここで「夢」という喫茶店を営んでいる。

夕方六時ともなると、店は少し暇になる。モーニングの時間帯や買い物帰りの客が多い午後早い時間は一人で客の応対に追われるが、それが過ぎて夕暮れ時になると客足も減る。やれやれと一息つく。慣れた仕事とはいえ、五十一歳の身に疲れはどっしりと溜まっている。束の間の休息の時間にのんびりとコーヒーを飲んでいると、店のドアのカウベルが鳴って男が入ってきた。夕暮れ時の人恋しい空気も一緒になだれこんできて、店の空気が一気に濃くなった。カウンターの中から、いらっしゃい、と声を掛けると男は入口に一番近い席に遠慮がちに座った。まるで、隙あらばすぐに逃げ出そうとでもいいたげな雰囲気だ。

グラスに水を注いでテーブルに持って行く。

「あの、小倉（おぐら）須美（すみ）さんですか？」

普段、姓を付けてこんなに丁寧に呼ばれることは滅多にない。

「はい。須美は私です」

「あー、良かった。安心した。水、飲んでもいいですか」

なにが良かったのか。なにに安心したのか。見つめる私の目の前で、よほど喉が渇いていたのか、ごくごくと音を立てて飲み干した。そしてふーっと息を吐くと、隣町の大島波子（なみこ）さんの紹介で訪ねてきた、と言う。波子叔母は父の一番下の妹で、隣町にある私の実家のすぐ前の家に住む。しばらく会っていない叔母の名前が、なぜ、こんな見ず知らずの男から出るのか。

「コーヒー、頼んでいいですか」

店の客層としては会社員や主婦が多い。普段の客とは違う男の出現に驚いて、商売のことをすっかり忘れている。慌ててカウンターの中に戻った。今のところ、客はこの男一人だ。準備をしながら、もう何ヶ月も帰っていない実家のことを思った。

コーヒーを運んで行くと、男は一口飲んでから、やおら用件を話し始めた。近藤重一（じゅういち）という名で、自称画家だと言う。自称を付けるところが謙虚で、少しばかり感じが良い。彼は海の絵ばかりを描いていて、あちらに三年、こちらに半年と、気に入った場所を放浪して描き続けていると言う。

「小倉さんのご実家、しばらく貸していただけないかと思いまして。腰を落ち着けて、あの海の絵が描きたいのです」

ようやく事情が分かってきた。あの海、というのは、実家のある町の前に広がる津本湾のことだ。叔母からこの場所を聞いてきたのだろう。実家は十年前に父が、三年前に母が亡くなってから誰も住んでいない。いずれは私が帰っていく場所だ。だから信用できない人に簡単に貸すわけにはいかない。失礼だとは思ったが、少し観察させてもらう。

男は安物だが、こざっぱりとした衣類を身に着けている。ベージュ色のジャンパーの下に白いTシャツ。紺色のジーパン。頭は丸坊主で、コーヒーカップを握る手は清潔そうに見える。爪も神経質なくらい短く切られていて、画家という不潔でだらしないという先入観からは遠い。四十代半ばというところか。

「一人で住むんですか」

「はい。一人です」

男は余計な言葉は言わない。物言いも服装も、ついでに表情もさっぱりしたものだ。迷いとかためらいとか、また不穏な雰囲気も全くない。私の中の天邪鬼がむくむくと顔を出して、余計な事を聞きたくなった。

「なぜ、海ばかりなんですか」

男はまたコーヒーを一口飲むと、しばらく考えてから言った。

「さあ。自分でも分かりません」

そう言って眩しそうに目を細める。大切なことは簡単に人に話せるものではない。私が無神経すぎた。ふと心が奥に引いて、そこに小さな隙間ができた。もう一度、男を見る。正直そうだが、そればかりでもなさそうだと好奇心の虫が動き出す。心は半分決まったが即答は避けた。一晩考えてから叔母に伝えるので、明日の今ごろ、叔母に電話を入れてほしいと言うと、男は残っていたコーヒーを飲み干すと、分かりました、と頭を下げて帰っていった。ドアの外まで見送ると、暮れ始めた街の通りを南の方に遠ざかっていき、腰の辺りで揺れていた青い小さなバッグがすぐに闇に紛れて見えなくなった。

午後十時の閉店までに客は五人あった。若い女の二人連れがパスタとコーヒーを注文し、後は散発的に男が一人ずつ来店し、それぞれコーヒーを飲んで手帳で何かを確認したり、本を読んだりしていた。

カウンターの中の後片付けをし、戸締りを確認して店の内外の照明をすべて切ろうとしてふと入口に一番近い席を見た。その辺りだけ、なにやらうすぼんやりとした空気が漂っている気がする。そんなはずはないともう一度目を凝らして異常がないのを確認してから、照明を落とした。カウンターの奥から二階への階段を上がる。私は二階で暮らしている。上がりながら、初対面の男の名前を何度か呟く。近藤重一、近藤重一……。素朴な名前だ。彼によく似合っている。そうだ、果林(かりん)に聞いてみよう。彼女も長く絵を描いている。それから結論を出してもいい。


翌日、果林に電話を入れた。

「ほんとに近藤重一？　この世界では、わりと有名な人よ。信用していいと思うよ」

彼女とはもう長いつきあいだ。「夢」で働き始めてから十年近く経ったころ、雨に降り込められていた彼女を店の中に誘ったのが最初の出会いだった。

「いえね、有名だから信用していいという話ではなくてね」

電話口で果林が困っている。無口で不器用で、私には無い良いところをたくさん持っている。私が無くしてしまった、なにか大切なものを。

「分かった。彼に家を使ってもらうことにする。でも、そうなると家の中の整理が大変。もう三年間も誰も住んでいないし」

「行くよ、私も。手伝いに行く」

「ははー。あんたの魂胆、丸見え。彼と知り合いになりたいのね」

ばれたか、と彼女が電話の向こうで笑っている。

店も忙しいのに、余分な仕事が増したと少々心が重い。叔母に電話を入れると、なにやら張り切っている雰囲気が伝わってくる。家の中の掃除、ぼちぼちやっておくから。貧乏絵描きみたいだから、家賃は安くするように。家の中の道具で、使えるものは使ってもらってかまわないね。叔母は私の返事より前に、すっかりその気になっている。なんだか肩透かしをくらったような気分。彼のなにが気に入ったのだろう……。


近藤さんの来店から二日後の水曜日。店のドアに「店休日」の木札を掛けると、車で実家に向かう。店のある津本市から車で四十分ほど走れば、津本北町に着く。川沿いの道を北へまっすぐに進み、突き当りが津本湾で、その海沿いの町に私の実家はある。

車の窓を少し開けた。すぐに川風が入ってくる。風は暖かい。寒かった冬をやり過ごし、待ちかねた春が来て桜は二週間ほど前に散った。春本番の四月中旬はなにやら落ち着かない季節だ。別れがあって、新しい出発と出会いがあって、悲しみと緊張と晴れがましさが同居している。すっかりと落ち着くまでには、あと何ヶ月かが必要だ。

私も落ち着かない。波子叔母に会うときは、いつも緊張する。叔母には息子が二人いて、娘がいない。だから私を娘のように可愛がってくれる。幼いころからそうだった。私の両親がいなくなった今となっては数少ない肉親だが、叔母の顔を見ると私の古傷が痛み出す。だから何歳になっても叔母には頭が上がらない。

川向こうの景色が変わり始めた。津本市の町並みが消えて、緑地と松の防風林が見え始める。風に潮の香が混じり始め、川幅もぐんと広くなって津本湾が見えてくる。湾沿いに続くコンクリートの防波堤の道を左に折れると左側に津本北町の集落が続いている。道の端に車を止め、下りた。道路を横切って高さ一メートルほどの防波堤に両手をついた。薄紫色の春の海が広がっていて、遠くに小さな船影が見える。湾の右側から延びる半島が、湾を守るように海に片腕を突き出している。

深呼吸をして潮風を胸いっぱいに吸い込んだ。生き返る気がする。寄せては返す波の音が防波堤のすぐ下でしている。そのたびに下から湿った空気が上がってきて私の全身をすっぽりと包み込む。緊張が解けて肩からも背中からも疲れが消えていく。あと何年したら、この町に帰ってこられるだろうか。と、後ろで車の止まる音がした。慌てて風になぶられる髪を両手で押さえながら振り返った。

「やっぱり須美ちゃん。久し振りやね」

軽トラックの運転席に従弟の洋二（ようじ）の驚いたような顔がある。

「今日だったね、母さんから聞いていてたけど」

「うん。長い間、ほっといたから家の整理が大変。洋ちゃんは？」

「漁協からの帰り。こっちもいろいろとあって大変。じゃあ帰りに寄ってね」

軽く手を振ると車は走り去った。洋二は叔母の長男で、幼いときから姉弟のように育った。その彼も四十代半ばになって、家族と職場の中心にいる。漁業に携わる人たちの世話をする事務職で、彼が言ったようにいろいろとあるのだろう。潮焼けした額の皺がまた深くなっていた。あの泣き虫の洋二がね。ふいに胸の中が熱くなる。

道を渡って車に戻ると、実家に向かう。津本北町は湾と山に挟まれた小さな町で、平坦地が少ない。海岸沿いの低地から山に向かって坂が何本も上っていて、そのほとんどが、今はコンクリートで舗装されている。その両脇に向かい合わせに住宅が立ち並ぶ。広場に車を止めると、その中の一本の坂の階段をよっこらしょ、と上がる。

幼い頃はこの階段が子どもらの遊び場だった。ち・よ・こ・れ・い・と。遊びに使った呪文のような言葉がふいに甦ってきた。弾みをつけて片足ずつリズミカルに上がっていく。階段の一番下に二人並ぶ。じゃんけんをして勝った方が呪文を唱えながら階段の上部に六歩進める。早く一番上まで上がった方が勝ち。全く単純な遊びだ。でも、なぜ、ち・よ・こ・れ・い・と、だったのだろう。

「来たね」

叔母がにこにこ笑いながら家の前で待っている。きっと洋二が知らせたのだろう。うん、と返事をしながら、思わず下を向いた。私に構わず叔母は開け放った玄関から中に入っていく。私も慌てて後から付いて行った。家の窓という窓は開け放たれていて、海から吹き渡ってくる風が家の中を通り抜けていく。後ろから声を掛けた。

「どう思った?」

叔母が振り返った。逆光になって表情が読み取れない。すっかり白くなった髪の毛の何本かが窓から差し込む光できらりと光っている。

「近藤さんのことね。正直で良い人みたいね」

叔母の言葉は確信に満ちている。男で大きな失敗をしたあんたより、私の見る目のほうが数倍も確かよ。そう言われている気がする。

「そう。じゃあ、いつから貸そうか?」

この家の持ち主は私なのに、すっかり立場が逆転している。

「五月からって返事しておいた。久し振りで、家族の所に帰ってくると言うからね」

そう言うなり、食堂の食器棚の扉を開けて私を見る。そうか。どこかに家族がいるのか。

「使ってもらっていい食器は上の棚にまとめた。飯碗に汁碗に小皿、大皿、湯飲みと急須。比較的、新しいのをね。兄さんたちの食器は、まとめて下の棚に移したよ」

それでいいね。念を押されても私の反論する余地はない。二階の二部屋のうち、海の見える東側の部屋で、絵を描いたり、寝室にもしたいと言っているという。

「だから奥の部屋に荷物を移さないと。なかなか大変よ」

二階への階段を上がりながら、おっと、と叔母がよろけた。慌てて下から声を掛ける。

「叔母ちゃん、いくつになった？」

大きなお尻を振り振り、ため息混じりに言う。

「七十九。秋が来れば八十歳。息子たちはなんとかやってるから、心配なのは須美ちゃん、あんただけよ」

返事のしようがない。私も叔母を真似てお尻を振り振り階段を上がりきった。

海が見える。ここから見る海は久し振りだ。薄紫色にかすんだ海と白い水平線と、ぼんやり曇った春の空と。窓際で二人並んでしばらく見惚れた。

叔母が前を見たまま、ぽつりと言った。私は黙って聞いている。

「兄さんがね、ここで生きてここで死ねる。ほんとに良かった。そう言ったことがあった」

そうなのだ。私も父から何度もその言葉を聞いた。

「だから、あの人に、この海の絵を描いてもらいたいと思ったとよ」

「そう」

「あんたも早く帰っておいで。私も年だから、あんたに近くに居てもらいたい」

うん、と返事しながら目を細めて海を眺め続けた。

とんとんと軽く階段を上がってくる音がして、洋二が顔を見せた。昼休みの時間だけ、事務所を抜けてきたと言う。重い荷物を運んでくれるらしい。三人で前の部屋の押入の中の古い布団やアルバムの入ったダンボールの箱などを奥の部屋に運ぶ。寝具だけは新しいものを用意するようにと叔母が伝えたという。あと二〜三度帰ってきて細かいところを丁寧に掃除すれば、気持ちよく使ってもらえそうだ。

「家賃は、いくらにするの？」

洋二に聞かれて私は、さあと言った。住んで家に風を入れてもらえるだけでありがたい。すぐに、果林からこの世界では有名な人だと聞いたことを思い出したが、それは口に出さない。その世界で有名でも、裕福かどうかは分からない。

「叔母ちゃんに任せるから」

「そうだねえ。二万ぐらいで、どうだろう」

それで、ややこしいことは、すべて解決した。古い掃除機を引っ張り出してきて、丁寧に掃除を始める。帰りに寄るようにと言って、二人は帰っていった。

体を動かすのは、気持ちが良い。固く絞った雑巾で窓ガラスや畳をふきあげていく。右に左に手を動かすたびに、父や母の顔がちらつく。

「ほんとに、あんな男が好きね」

母の口調には激しい怒りが込められていた。二十年以上も前のことだ。沢辺三郎と同居するようになってすぐに実家に呼びつけられた。

「そんな訳がなかろうが。あんなクズみたいな男」

沢辺をクズと全否定する父の言葉に、迷っていた私の心は決まった。

「分かった。私は私で生きていく。もう、ここには戻ってこない」

言い捨てて、私は家を飛び出した。あと二、三年で三十歳になるという女の、今から思えば分別の無い決心だった。この年齢になれば、あの勢いは男への愛情の深さからではなく、頭ごなしに私をも全否定されたことへの反発だけだったとよく分かる。最初から惨めな結果になることはうすうす予想できたのに、若かった私は苦い道を選んで走り出した。

バケツを持って風呂場に行く。茶色に汚れた水を流し場に捨てながら、私の体の中の水も綺麗さっぱりと入れ替えられたらいいのに、と思う。黒くて汚くて澱んだ水が、まだ私の中で揺れている。私の体の表面の皮膚が私と外界を隔てている。水風船みたいに口を開けて汚い水を出しきり、新しい水と交換できたらどんなに清々することだろう。不可能なことを考えながら、何度も何度も雑巾を洗う。そしてまた新しい水を汲んで二階の部屋に戻る。畳や窓ガラスや板壁を拭く。拭いても拭いても水はすぐに茶色に濁った。その度に何度も階段を上がったり下りたりした。二階の前の部屋が綺麗になったのは、午後二時過ぎだった。畳の上にぺたりと座る。おにぎりとコーヒーを入れたポットをバッグから取り出して遅い昼食をとる。途端にあの男・沢辺三郎の下から掬い上げるような、甘えるような視線を思い出して苦い思いがこみ上げてくる。彼は今、どこでどんな暮らしをしているだろうか。

短大を卒業してすぐ、津本市にある食品会社に就職した。経理部に勤め、五年も経ったころには売上げ、売上金の回収、銀行とのつきあい、在庫管理まで、一応こなせるようになった。製造部門を除けば、事務職は十人ほどで、ほかに給与計算や社会保険、福利厚生の部門もある、地元では中堅どころの会社だ。

製品の出庫表にたびたびミスがあり、担当者の欄に決まって「沢辺」と乱暴に書かれていることに気がついた。最初のうちは経理部の上司に報告した。

「また、あいつか」

上司は苦い顔をした。出庫の責任者に厳しく言っておくから。そういう返事をもらって安心していた。ところが月末になって、さらに翌月になっても出庫数と在庫数の数字が合わない。たまらずに別棟の倉庫に様子を見に行った。

倉庫の入口で、地面にしゃがみこんで缶コーヒーを飲んでいる男がいた。沢辺さんに会いたいと声を掛けると、その男が慌てて立ち上がった。

「沢辺は、おれだけど」

三十歳になるかならないかぐらいの男。下から掬い上げるような目線で見られて、背中が冷えた。不快な男だと思った。男は私の制服の胸ポケットの名札を見た。

「ああ、あんたが経理の小倉さんね」

上司から注意された。今度から気をつける。そう言うと、私を睨んで、すたすたと暗い倉庫の中に入っていった。

初対面のときの沢辺から受けた印象は間違っていなかった。作業服のズボンの裾がほころびていた。それがどうして、つきあうようになってしまったのか。

一日の仕事が終わって会社の門を出ようとすると、門の外で何度も沢辺が待っているようになった。守衛室の人が心配して門の外まで見送ってくれたが、道を曲がると沢辺が照れたような顔で待っていた。少し色のあせた青いシャツを着ていた。

「一度だけでいいから、お茶につきあって」

顔の前で両手を合わせて、何度も頼む。女性とつきあった経験が一度も無い、と言う。

「ほんとに一度だけよ」

駅前の喫茶店で一緒にコーヒーを飲んだ。一度だけつきあえば、彼の気が済む。その考えが安易だったことに一週間もしないうちに気がついた。すぐに経理部の上司に呼ばれた。

「どういう男か分かってつきあっているのか。お前らしくもない」

つきあっているつもりはない。一度だけ、嫌々ながらコーヒーを飲んだだけだ。ところがそれが会社中の評判になっているという。驚いて言葉も出ない。上司は苦い顔で言った。

「自分で言いふらしたに違いない。人の好意につけこむ卑劣な奴なんだよ。気をつけないと大変なことになるぞ」

上司は沢辺への非難半分、私の不注意への非難半分という厳しい顔をした。その日から門の前で待たれることもなくなった。そのうち、社内での噂も潮が引くように消えていき、沢辺が退職したらしいという話も聞こえてきて、一安心した。が、胸の奥に黒い小石がごろんと転がっている気がし始めた。私が彼を追い詰めた訳でもないのに。

家中の窓と雨戸を閉めてまわる。玄関の鍵をかけて、坂の向かい側にある叔母の家の玄関の引き戸を開けた。

「叔母ちゃーん」

すぐに洋二が顔を出した。

「仕事は？」

「うん、半日、休みをとった。母さんが須美ちゃんの相談にのれ、と言うから」

叔母は所在なさそうに、居間で座卓の前に座ってテレビを見ている。私も横に座る。

「不倫だって。このごろのテレビは、どうでもいいことしか放送せんとよ」

「見る人がいるからだよ。母さんみたいに」

叔母がぺろりと舌を出して私に笑いかける。

「済んだね、掃除は」

実家の鍵をまた叔母に預ける。また来週来るが、ほかの事は全部任せるから、と話した。

横から洋二がお茶を出してくれる。

「民代（たみよ）さんは？」

「パート。コンビニのレジ打ち。子どもの教育費が大変になってきたから」

高校生の息子と中学生の娘がいる。大変だとぼやく洋二を見ていると、急におかしくなる。ち・よ・こ・れ・い・と・のじゃんけんにいつも負けていた彼が、二人の子の父親だとは。時間はどんどん過ぎ去って、私ばかりが取り残されている。時間は待ってくれない。

あのころは、いくらでも待てた。負けてばかりの洋二が階段の下のほうで泣き顔で見上げてくる。私は一番上で何度もじゃんけんをして待ち続けた。他の子たちはとっくに上がりきって広場で他の遊びを始めている。彼はようやく一番上まで上がると、私にぺろっと舌を出して遊びの輪の中に走っていった。やれやれ。年下の従弟を持つと苦労する。そう思いながら、それが少しも嫌ではなかった。叔母がふーっとため息をつき、私もそれにつられた。そして二人で顔を見合わせて笑った。

また来るから。民代さんによろしく。そう言い置いて玄関から出た。そして下りの階段を見る。下まで三十段はある。思わず、あの呪文が出た。弾みをつけて片足ずつで下りていく。じゃんけんぽん。ち・よ・こ・れ・い・と。下りながら考える。私は誰に勝って、誰に負けたのだろう。もしかしたら、洋二の下から見上げる視線に負けた？　なにに勝って、なにに負けたのだろう？　洋二の顔が沢辺の顔に重なって見えた。優越感に負けたのか、それとも優しい子だと自分で被ったお面を自分で取ろうとしなかったのか？

人の噂も七十五日という。すっかり沢辺のことを忘れて、また平和で変化の少ない日々を送っていた、ある秋の夕方。勤めを終えて帰宅すると、アパートの前に夕方の闇に半分隠れてなにか印象の弱い人影が立っている。通り過ぎようとして玄関を入ったところで名前を呼ばれた。驚いて振り向いた。今度は玄関の明るい光の中に、あの男の顔が浮かび上がった。沢辺だ。いつもの青いシャツが、彼の顔を青く見せている。幽霊かなにかを見たようで、思わず声を吞んだ。あのとき、アパートの住人の男子大学生が通りかからなかったら、私は彼を無視して自分の部屋に入ったと思う。しかし大学生が沢辺を見て、その同じ視線を私の顔の上でじっと止めたので、知らぬ顔ができなくなった。

「こっちに来て」

私は小さな声で言うと、玄関を出て車道の向こう側にある公園に彼を誘った。大学生の視線がまだ私の背中を追っているのを感じながら。

公園のベンチに並んで座った。

「どうしたんですか？」

うん。そう言ったきり、彼は下を向いた。

「私になんの用ですか？　第一、私が住んでいる場所がよく分かりましたね」

私は会社の最寄りのバス停から七つ離れたバス停の近くで、一人暮らしをしている。会社の同僚も誰も、ここに連れてきたことはない。なのに、どうして……。これは、もしかしたらストーカーか？　思わず背中が冷える。

「また、お茶につきあってもらいたくて」

下から見上げるような視線が洋二のそれと似ている気がした。不意に呪文が甦ってきた。ち・よ・こ・れ・い・と。この男はじゃんけんをして遊ぶ相手もいないのだろうか。不意に空腹を覚えた。いつもなら自分の部屋で夕食を取っている時間だ。

「ちょっと待ってて」

信号を待って車道を渡ると、コンビニに行った。鮭のおにぎりを二個とお茶のペットボトルを二個買って、また車道を渡った。一体、私はなにをしているのだろう。薄暗がりで動かない影に近づきながら、私は自分が分からない。あの、下から見上げる甘えるような視線に動かされていることだけは分かっていたが。

それから月に何度か、彼がアパートの前で待つようになった。その度に公園で二人でおにぎりを食べた。再就職したが、その職場があわなくて、次の仕事を探していること。独身で、両親は田舎にいること。今まで女性と交際したことが無く、以前、私とコーヒーを飲んだことを宝物のように思っていること。とりとめのないことをぽつりぽつりと話した。私は、そんな同情を引くようなことを言っても、その手にはのらないと、警戒心は緩めなかった。ただ回数が増すにつれて、警戒心は少しずつ薄れていったのかもしれない。

晩秋から初冬に季節が変わって冷たい雨が降るある夕方。私はとうとう彼を私の部屋に入れた。寒さには勝てなかった。だが、それだけだったろうか。

実家から戻って、次の日からまたいつもの生活に戻る。午前八時に開店して、十一時まではモーニングのメニューだけ。その時間を過ぎると他の軽食の注文も受けるので、午後三時ごろまでが一番忙しい時間帯だ。その時間を過ぎたころ、大抵は午後三時半か四時ごろ果林は現れる。カウベルが鳴って、ドアが開く。声と一緒に彼女の小さな顔と細い体が入ってくる。カウンターの中に私を見つけて安心したような顔をすると、窓際の定席に座る。彼女は私より五歳下の四十六歳。中年真っ只中なのに、少しも太らない。そう言うと、

「そう？　これでもこの辺り、ほら脂肪が……」

と腹部を押さえて笑っている。

「だんなさんに可愛がられすぎなんじゃないの？」

えっ？　一瞬考えてから、ぽっと頬を染めて私を睨む。私は内心、後悔する。からかっていいことと悪いことの境界を軽々と越えてしまう。嫌な女に、いや人間になったと反省するが、こんな失敗はすぐに繰り返す。だから、ますます自分が嫌になる。

私は彼女に嫉妬しているのだろう。二十代の終わりに沢辺のことで失敗して以来、私は男との縁が皆無だ。実家を飛び出して以来、自分ひとりの力で生活していくことに必死だったし、幸運なことにこの喫茶店で働くようになってから、他所に目を向ける余裕は無かった。

その間に両親ともいなくなり、私はこの店にしがみついて生きている。彼女に沢辺のことを話したことはない。だが、うすうすは事情を察しているようで、私がときどき、ぼんやりと窓の外を見ていると、「待ち人？」と心配顔で尋ねてくる。すぐに否定する。あんな奴を待っている訳がない。私に苦い思いばかりさせて、不意に姿を消した男のことなど。果林にも悩みがあることは知っている。絵を描き続けることに、彼女の夫がもう長い間、反対している。それでも諦めずに自分の道を失わない彼女を心から応援している。多少の嫉妬と羨望が混じるのを彼女は許してくれるだろう。

果林が封筒から案内状を五枚出した。

「あ、グループ展ね。いつから？」

「五月一日から十日間。代金はいらないので、また誰かにお願い」

彼女は五年前から「槙（まき）」という日本画のグループに属している。七人ほどのグループで、年に二回グループ展を開催していて、入場券を十枚売るノルマがあるのだという。それとポスター、と言いながら輪ゴムで留めたポスターをトートバッグから出すので店内に貼ることを約束する。これも恒例のことだ。

「で、作品の出来は？」

途端に赤らんでいた頬からすっと色味が消えた。

「そうか。まだスランプ脱出ならずか」

言いながら、少し小気味いい。彼女の悩みは、これまでにも散々聞いてきた。そのたびに応援も助言もしてきた。絵のことは門外漢の私には分からないことが多いが。妻として母として娘として、なにより一人の女として全ての顔を守り、貫くことは大変なことだろう。夫を持つこともなく、ましてや母になることもなく、両親を亡くして娘の顔も失い、ただ一人で生きる女の顔しか持たない私から見れば、果林のそれは贅沢な悩みにも思える。でも、果林を応援したくなるのは、なぜだろうか。五歳年上の階段に私が立っているから？　五歳年下の階段から彼女が見上げているから？　まさか。彼女が話しかけてきた。

「近藤重一さんの件、どうなった？」

「来月から貸すことに決めた」

「そう。私も一度、彼に会わせてもらいたいな」

「そうだね。この入場券、渡していいね」

果林は一瞬ためらってから、うんと頷いた。

「少し恐ろしい」

「そうそ。厳しい批評を貰いなさい。でないとスランプから抜けられないよ」

うん。彼女は小さく頷いた。幸福な人は正直だ。素直だ。向上心を失わない。それらを私はどこに捨ててきたのだろう。

あの秋の日。沢辺は私の大切なものをごっそり持って、突然姿を消した。一緒に暮らすようになって、二年が過ぎていた。姿を消す前日の夜、彼がぼそりと言った。

「たいしたこと、なかったな」

なにを言っているのか、分からなかった。だが声の調子から、私を非難しているのだと分かった。なにが不満なのだろう。収入の少ない彼を助けて、二人の生活費のほとんどは私が負担していた。これ以上、なにをせよというのか。翌日、彼の姿は消えた。私が買い与えた衣類はきちんと畳んでテーブルの上に置いてあった。

なにが起こったのか、自分でも分からない。私の部屋を波子叔母が訪ねてきたとき、私は会社を無断で一週間も休んで、パジャマ姿で呆然とテレビを見ていた。私の情けない姿を見て、叔母は全てを理解したようだった。私の前に座り、正面から私を見据えて言った。

「会社は辞めなさい」

うん、と頷いた。途端に涙が溢れ出した。

「実家には帰れないね」

うん、と頷いた。今さら、あそこには帰れない。

「分かった。じゃ、後の心配は、全部私がするから」

また、うんと頷いた。もうすぐ三十歳になろうとするのに、ほんとに情けない話だ。

「じゃ、とにかく着替えて。それから、おいしいものを食べに行こう。さ、早く」

私はのろのろと立ち上がった。洗面所で顔を洗っているとき、お腹がぐーっと鳴った。もう何日もまともなものを食べていない。心がこんなにまいっているときでさえ、空腹になるのか。どうしようもない動物だ。私はへらへらと笑った。鏡の中にすっかり老け込んだ見知らぬ女の顔がある。目が落ち窪んで、髪の毛はざんばらだ。もう一度、へらへらと笑った。また涙が流れてきた。


一週間後、叔母の知人が経営する喫茶店に住み込みで働くようになった。店のオーナーの鈴子さんは叔母から大体のことは聞いたはずなのに、一切、私の個人的なことには触れない。それがありがたかった。必死で仕事を覚えた。食器の磨き方、整理の仕方。リネン類の洗濯やアイロン当て。窓ガラスの磨き方。壁に架けてある絵画の作品名や作者、価値など。三ヶ月ほどすると、接客のイロハを教えてもらい、簡単な軽食の作り方を教えてもらった。コーヒーの淹れ方を教えてもらったのは、丸一年が過ぎてからだった。

十年が過ぎたころ、オーナーは老齢になったので私に後を任せたいといって引退した。以来、私はずっとここで暮らしている。

「須美さん」

ふっと視線を戻すと、果林が心配そうに私の顔を見ている。

「疲れてるの？　来週、私も一緒に行くから、実家の掃除に」

そうだった。そうだった。まだまだぼーっとしている訳にはいかない。


五月になった。世の中はゴールデン・ウィークだなんだと浮き足だっている。海外旅行だ、海だ、山だと人の移動が多い。おかげで街中の喫茶店は静かで、世の動きから取り残されている気分になる。子どもを持たないから「こどもの日」とは無関係だ。母はもういないし、私自身も母にならなかったので「母の日」も関係ない。

今日はモーニングもランチもあまり出なかった。例年のことなので心配はしない。そろそろ私も昼食の時間にしようと、冷蔵庫の野菜室を開ける。野菜とハムのサンドにしようとトマトを取り出したとき、ドアのカウベルが鳴って近藤さんが入ってきた。カウンターの中の私にぺこりと頭を下げると、先日座ったのと同じ席に座った。そうか。五月になったから、私の実家に住み始めた訳だ。水を入れたグラスを持って、彼の席に行く。

「昼食は、もう済みました？」

自分でも思いがけない言葉が出て、内心慌てた。旧知の間柄でもないのに。家族でもないのに。えっ？　下から見上げてくる視線にどきりとする。近藤さんも戸惑っている。

「今、自分用に野菜サンドをつくろうかと。よかったら、ごいっしょに」

他に客がいないからいいものの、今日の私は相当に油断している。客が少ないので、人恋しいのだろうか。

「ありがとうございます。歩き回って腹ぺこなんですよ」

ちらりと見えた白い歯が訳も無く嬉しい。急いでカウンターの中に戻る。そうか。腹ぺこなのか。ではハムは少し厚めに切ろう。トマトにレタスにキュウリも挟んで。マスタードは控えめがいいだろうか。タマネギとセロリとニンジンのピクルスも白いお皿に多めに盛って。すぐにテーブルに運ぶ。

「はい、どうぞ。コーヒーは少し待ってくださいね。今から豆を挽きますので」

うわ。うまそうだ。近藤さんは水を一口飲むと、すぐに野菜サンドに手を伸ばした。その様子をカウンターの中からちらちらと見ながら、私は自分の気持ちの落ち着かなさを持て余している。しばらくしてコーヒーとヨーグルトにブルーベリージャムをのせたデザートを運ぶ。うまかったなあ。満足そうな彼の顔を見て安心した。考えてみれば、彼に軽食を出したのは初めてのことで、味の好みを知らない。だから安心したのだと、無理矢理、自分の心の動きを納得する。

「絵の具を買いに来たんですよ。それと須美さんに家賃を渡しに。本当に礼金とか敷金とかは要らないんですか？　なんだか悪くて」

家賃のことは叔母に頼んである。礼金も敷金も要らない。あんな古い家に住んでもらって、こちらの方がありがたい、と言った。

「それとね、スケッチに良い場所を教えてもらいたくて」

もちろん自分の足で歩いて探すつもりだが、あの岬の突端まで自転車で行けるだろうか。自転車を買おうかと迷っている。日用品や食材の買い物にも便利そうだが、ただあの階段が心配で。私は彼の話を聞きながら、思わず笑い出した。あの階段を自転車を抱えて苦労している姿が容易に想像できたから。バス路線を利用したほうが安全だと思う。詳しくは、洋二に聞いてもらいたい、と言った。

「ああ、洋二さん。昨晩、夕食に呼んでくれたんですよ。刺身、旨かったなあ」

転居してきてまだ日も浅いのに、たいした苦労もせずに新しい暮らしを始めている様子に感心する。そんな私の気配を察したのか、ぽつりと言った。

「流れ者の生活には、ちょっとしたコツのようなものがあって。地元の人とは、浅く、でも素早く。長くいて良く理解してもらうことは不可能だから、誤解されないように心を尽くして。十年間で学んだことです」

そこまで言って、彼ははっと口を噤んだ。

「野菜サンドのマスタードが効き過ぎたみたいです」

私も立ち入り過ぎたと思った。どう反応していいか分からなくて、少し慌てた。すぐに果林から頼まれていたグループ展の入場券を渡した。昼食代を渡されそうになってそれも断ると、彼は入場券を青いバッグにしまうと帰っていった。整理しないといけない話を聞かされた気がして、今日は外まで見送りに行かなかった。

閉店間際に洋二から電話が入った。

「母さんが大変なんだ。津本市立病院に今、入院した」

入浴中に血圧が下がって意識不明になった。救急車で運んでもらったが、しばらく入院することになりそうだ、と言う。


ちょうど翌日は休みの日だったので、午後二時からという面会時間を待ちかねて行った。

津本市立病院は津本市の中心街にある。私の住む所から市営バスで二停留所先だ。

叔母は三階にある四人部屋の窓際のベッドで眠っていた。ちょうど洋二と民代さんも来ていて、洋二から廊下で話を聞く。叔母は以前から低血圧気味で、冬季の入浴には気をつけていた。冬も終わり、やれやれ今年も無事にのりこえた。五月になったし、とつい気を許したのがいけなかった、と洋二が悔しがる。安静時狭心症の疑いもあるので、しっかり検査をしてもらうことになったという。

「須美ちゃん、忙しいと思うけど、顔を見せてやってね。寂しがるからさ」

食べ物の差し入れは禁止。塩分管理のため、病院食以外は食べたらいけないのだという。話しているところに民代さんが呼びに来た。ベッドの近くに行くと、目覚めたばかりの叔母が私に手を伸ばしてくる。手を握り返す。

「洋二が大げさだからね。私、もうなんともないから家に帰りたいのに」

「うん。顔を見て安心した。簡単な検査が終わったら帰っていいらしいよ。まあ、二〜三日の辛抱よ」

「そうね、あんたの顔を見て安心した。今日は店は？」

「休みの日。だからここでゆっくりしていく。眠かったら寝てもいいよ」

そうね。小さく呟くと、叔母はまた眠り始めた。洋二夫婦は三時に主治医と面会の約束があると病室を出て行った。三階の窓から外を見る。白衣姿の医師が忙しそうに歩いていく。病衣を着た入院患者の何人かが木陰をゆっくりと散歩している。父も母もこの病院で最期を迎えた。あれやこれや、昔の記憶が甦ってくる。父にとっても母にとっても、私は良い娘ではなかった。悔いることばかりが多い私の人生。

ふと背後で寝具のこすれる音がした。振り返ると、叔母が私を見て微笑んだ。

「あんたの後ろ姿、兄さんにそっくりやね」

「そう？」

「うん。骨太のいかり肩」

そうなのだ。健康診断で骨量の検査を受けたとき、検査技師が驚きの声を上げた。

「小倉さんは……えっと五十一歳。凄いな、二十代の骨量ですよ。いえいえ、親からの贈り物です。本人の努力ではありません」

その話を叔母にすると、彼女はくすりと笑う。

「骨格だけじゃなく、頑固で要領が悪いとこも兄さん譲りね」

喜んでいいのか、哀しんだほうがいいのか。私がふざけて言うと、叔母は笑顔で軽く睨む。ちょうどそこに洋二夫婦が帰ってきた。明日から詳しい検査が始まるという。

「痛くも痒くもない検査ばかりだからね。心配いらないよ」

洋二がすっかり頼もしく見える。叔母も息子の話をおとなしく聞いている。間もなく、子どもたちの帰ってくる時間だからと二人は帰っていった。それを見計らったように、叔母が面白そうに話し始めた。

「近藤さんね、あの絵描きさん……」

私はうんうんと頷いてベッドの横にあった椅子に座ると、若い看護士が近づいてきた。

「患者さんが疲れますので、面会時間は短めにお願いします」

私は慌てて立ち上がった。じゃ、話の続きは、この次にね。叔母が名残惜しそうにするので、その皺だらけの手をぽんぽんと叩いた。


たびたび見舞いに行くと約束したのに、毎日の仕事に追われているうちに、明日退院すると洋二から電話があった。入院から五日後の月曜日のことだ。心臓の血管に石灰化しているところが見つかったが手術をするほどでもなく、毎日の生活習慣に気を配るように指示があったらしい。

その翌日の昼過ぎ。退院の当日。叔母が店に現れた。付き添っていたのは、なんと近藤さんだ。てっきり洋二が迎えに行っていると思っていたので驚いた。塩分を控えた玉子サンドと牛乳。叔母が似合わない注文をするので目を丸くしていると、近藤さんがくすりと笑って言う。

「マスタードも控えめに。僕には野菜サンドとコーヒーをお願いします」

それで事情が分かった。先日の野菜サンドの話を近藤さんが叔母にしたのだろう。それにしてもいい雰囲気の二人だ。

「少し長居してもいいですか。仕事の都合がつきしだい、洋二さんがここに迎えに来ることになっているので」

洋二に仕事があるように、近藤さんには近藤さんの仕事があるだろうに。

「ほんとに迷惑をかけるねえ。でもありがとう。おかげで助かりました」

「いえ、いえ。これは取引です。僕と洋二さんとの」

近藤さんが口の端に付いたパンくずを指で口の中に入れながら、おかしそうに笑う。

「今度の日曜日の朝、岬の突端まで車で送ってもらうんです」

それくらい当たり前よ、と叔母が言う。

「携帯で連絡して、夕方、迎えに来てくれるって」

それも当たり前、とまた叔母が言う。車なら片道二十分ほどの距離だ。スケッチの道具もあるだろうし、バスと歩きは大変かもしれない。他の客の応対に追われている間、時々二人の様子を見る。遠目から見れば、母親と息子の和やかな時間が二人を包んでいるように見える。地元の人とは浅く、素早くつきあうと彼は言ったが。食事が終わったころ、アイスクリームを運んだ。叔母がさも秘密を聞きだしたような顔で得意げに話す。

「近藤さんのお母さん、私より十一歳年下なんだって」

「はい。六十八歳。今も元気に働いています」

「私も病気なんか、してられないね」

アイスをおいしそうに口に運びながら、笑顔で近藤さんを見ている。ふと、彼に他の家族はいないのだろうかと思った。たとえば奥さんとか。間もなく、洋二が汗を拭き拭き、店内に入ってきた。近藤さんに礼を言い、冷たいコーヒーを飲むと、三人で帰っていった。


六月の第二水曜日。叔母の月に一回の定期受診の日。車で病院に迎えに行く。バスで一人で行くんだから、帰りも一人で大丈夫。前夜の電話で叔母は言い張ったが、私も自分の眼で叔母の元気ぶりを見たほうが安心する。循環器科の待合室ですぐに叔母を見つけた。すっかり顔色ももとに戻って、主治医の診察を待っているところだ。

「店、大丈夫ね?」

横に座るとすぐに私の心配をする。パスタ用のミートソースも作って冷凍してきたし、デミグラスソースは昨夜から大鍋にたっぷりと作ってきた。大丈夫、大丈夫。声に出す代わりに、叔母の手を撫でる。

「兄さんが残してくれたのが、娘でよかった」

私はまた叔母の手を撫でた。

診察が終わって、薬をもらって会計も済んで、どこかで昼食をと話しながら玄関に行くと、そこにぽつんと近藤さんが椅子に座っているのが見えた。叔母と二人で顔を見合わせていると、彼がすぐに私たちに気がついて近寄ってきた。

「どうしたんですか？」

私の驚きの言葉を最後まで言わせないで、叔母が彼の前に立った。

「ありがとね、近藤さん」

えっ、いや。彼はうまく言葉が出てこない。そうか、そういうことか。叔母がバスで一人で帰ると聞いて心配したのか。

「お昼ご飯、美味しいところに案内しますね」

塩分控えめの叔母には豆腐料理がいい、と昨日から決めていた。後部座席に二人を乗せて話を聞きながら車を走らせた。


七月になって叔母の受診の日。また病院まで迎えに行く。変化なし、このままの調子でという主治医のお墨付きをもらって、叔母は体も心も安定している。病院の玄関を出るとき、近藤さんの姿をそれとなく探したが、今日はいない。ほっとしたような、気の抜けたような……。叔母と二人で早めの昼食を済ますと、車で帰った。

階段を上がって叔母の家の玄関の引き戸を開けたとき、後ろで声がした。近藤さんだ。

「今でしたか。で結果は？」

叔母が右手の指二本でまるを作って見せると、彼の頬が緩んだ。

「良かった。須美さん、絵がほとんど出来上がったので、あとで見に来てください」

そう言って、家の中に入っていった。

居間で二人でお茶を飲む。洋二夫婦はそれぞれの職場だし、子ども二人もそれぞれの学校だ。それぞれに、それぞれの場所でなすべきことをなしている。平和だ。これが、生きていくということなのだろう。叔母も穏やかな顔で、黙ってお茶を飲んでいる。

しばらくして立ち上がった。明日からまた店だし、近藤さんの絵も見たいし、心地よい時間にどっぷりとつかっている訳にはいかない。じゃ、またね。叔母に言って玄関をでた。真向かいの家の玄関の引き戸を開ける。

「須美です」

大きな声で中に声を掛けると二階から、上がってくるように、と返事があった。ぎしぎしと音を立てて階段を上がっていく。部屋の中央にキャンバスが立ててあり、三十号ぐらいの絵が架けてある。

「これ、岬からの海です」

思わず、綺麗と呟いた。青い夏の海。かすんだ水平線の上に空が広がり、白い浮雲がいくつか。小さな小島も二つ。青い海の色がどこまでも深い。

「『凪の海』というタイトルをつけました」

畳の上にぺたりと座りこんでさらに見る。なかなかこんなにべた凪のときは少ない。穏やかなときでも小さな波頭は立っているものだが、それが皆無だ。こんな海は見たことが無い。静かな静かな海だ。思わず安堵のため息が洩れる。

「十年かかって、ようやく、ここまできました」

意味が分からなくて、黙っている。

「妻と話しながら、海の絵ばかり描いてきました」

ますます意味が分からない。妻がいたのか？　私は思わず顔を上げて彼を見た。彼は遠い目をして、唇をぎゅっと嚙みしめて窓の外の海を見ている。彼が突然、言った。

「須美さん、独身なんですか」

ぶしつけな質問に、心が波立った。顔が赤くなるのが分かって、乱暴に言い放った。

「男運が悪くて。私の昔のこと、叔母から聞かなかった？」

「少しだけ」

「ほんとに、ついてない人生なのよ」

「ほんとに、そう思っているんですか。だったら、たいしたことないな、須美さんって」

聞き間違いではないかと思った。たいしたことない。これは沢辺が私に捨て科白のように言い放った言葉だ。胸の奥で二十年間動かなかった黒い小石がぐらりと動いた。

「男と女のことって、そんな一方的なことではないでしょう」

近藤さんの声が震えている。

「僕の妻は、男とフェリーに乗っていて、自分だけ海に飛びこんで死んだんですよ。まるで僕への嫌がらせみたいに……」

思いがけない話に、何と言っていいのか分からない。嫌がらせで、人は死ねるものか。

「もう十年も前のことです。僕は絵ばかり描いていい気になっていた。少しは世間から評価を受けるようになっていた。その矢先のことです」

彼はぼそぼそと話し続ける。まるで海底から湧き上がってくる泡のように、ぼそぼそと。

「最初、僕は被害者だと思った。妻に勝手に死なれて、僕はこんなに苦しんでいる。そのうち、僕こそ加害者だと思うようになった。長い間、そんな思いを抱えて海の絵ばかり描き続けてきた。最近、ようやく妻と話が出来るようになった。お互いに、大切な、しかもたいした存在だったのに、自分の思いあがりでそれが見えていなかったのだ、とね」

お互いに、たいした存在。私にとって沢辺は、ほんとはそんな存在だったのだろうか。私の思いあがりが彼を傷つけて、だから彼は、私をたいしたことなかった、となじって出て行ったのだろうか。沢辺が出て行ったとき、私が買い与えた衣類がきちんと畳んでテーブルの上に置かれていた。あれが彼の思いのすべてだったのだ。それなのに、私はこんなに世話をしたのに、と思いあがって勝手に傷ついて、勝手に男運が悪いと思い込んできたのだ。

「彼、女運が悪いと思ったでしょうね」

近藤さんはなにも言わない。私も黙って座りこんでいる。夏の夕暮れが迫ってきていて、明かりをつけない部屋の中に淡い闇が少しずつ部屋の底に溜まり始めた。私は座ったまま、闇に沈んでいく。彼が低い声でなにか呟いた。私もなにか言わなければ……。顔を上げた。闇から浮き上がらなければ。闇の上の海は凪いでいるはずだから。

ドアが開(あ)いて

荻　悦子

〈著者紹介〉

荻 悦子（おぎ・えつこ）

一九四八年、和歌山県生まれ。神奈川県在住。
日本現代詩人会会員、日本詩人クラブ会員、横浜詩人会理事。
二〇一七年、第十三回日本詩歌句随筆評論大賞奨励賞受賞。

著書

『樫の火』（思潮社　二〇一六年）など、詩集六冊
短編集『インディアン・ライラック』（ダニエル社　二〇〇五年）
「珠と刃」（季刊文科七〇号　二〇一六年）

祖父の家の庭には雑草が目立ち始めていた。アプローチに敷かれたレンガの隙間からも芝草が出ている。

「このごろ、庭仕事の人、遠藤さん、来ないのかな」と父が呟いた。母は「声をかけないと、来てくれないでしょう」と父を窘めるように言った。

色褪せた木のドアの脇にある旧式のベルを押すと、「理（さとる）ちゃん、理ちゃん」と連呼しながら、祖母が玄関に現れた。理は、僕の父の名前だ。背が高い祖母は、色の多い花模様のロングスカートを穿いていた。

「あら、喬（たかし）ちゃんたちも一緒なの」

期待を裏切られたかのような口ぶりだった。サンダルを突っかけて、ゆらゆらと外に出てきた。

祖母は、庭の東側の植木が繁った一隅を指差し、興奮気味に早口で言った。

「オオタニワタリの鉢が盗まれたのよ。今朝、なくなってたの」

母はひどく驚いたようだ。この家に来ると、たいてい黙りがちになるのに、すぐに声を上げた。

「まあ、オオタニワタリを。この辺で、鉢植えが盗まれることがあるのですか。立派に見えたのでしょうか。あんなに大きな鉢、重いでしょうに」

母の言葉は、長閑に響くが、どこかぬけたところがある。僕は、へえ、と思うだけだ。庭のその辺りに、葉が長くて広い観葉植物の、どっしりとした鉢植えがあったということしか意識に上ってこない。父は何も言わなかった。オオタニワタリと聞いても、どんな植物なのかぴんとこないようだ。

その鉢植えは、椿の木の下に置いてあった。椿や、間もなく咲き始める躑躅などの繁みの向こうは駐車スペースで、道路との境のフェンスが低い。その上、フェンスは左右に動くようになっている。泥棒はわけなく侵入できただろう。

祖母は、幾何学模様が刻まれていた陶器の古い鉢が惜しいと言い立てた。植物はまた育てられるけれど、と繰り返した。

今は艶々した葉っぱだけの椿の木の下の、鉢植えがなくなった位置には雑草が伸び出ていない。その円く空いた地面をもう一度眺めてから、僕たちは家の中に入った。

玄関で靴を脱ぎながら、母が父に囁いた。

「オオタニワタリを探して、お母様にプレゼントしなくてはね。あ、靴はきちんと揃えて下さいな」

僕たちの声を聞きつけて、さっそく祖母の妹がやってきた。祖母たち姉妹は、生まれた家の敷地に隣り合って暮らしている。

大叔母は、祖母の話を聞くと、即座に言った。

「警察に届け出るべきよ」

祖母や僕の両親が思いつかないことだった。

「オオタニワタリ一鉢なんて、恥ずかしくて」と祖母は嫌がった。

「あら、そうなの」

大叔母は低く笑い、当然のように居間のソファの真ん中に座った。

祖父の家の居間には、旅で集めたこまごまとした物が棚から溢れてそこらじゅうに並んでいる。ソファやテーブルにはあれこれ布類が載っている。広い部屋なのに、風が通り抜けないという気がする。

父が、うちから持って来た小型の装置を居間のテレビに繋げた。デジカメで撮った写真がテレビ画面に映る仕掛けだ。

父が手に握ったスイッチを押すと、白いかすかな雲が浮かぶ薄い水色の空と青みを帯びた緑の山野がテレビ画面に映った。

「ああ、カリフォルニアの空ね」

大叔母が、わかっているわ、というふうに言った。

父は、官庁がらみの仕事でアメリカの西海岸に行ってきた。高校生の僕には、専門的なことはわからないが、生物材料から作られる製品についてのＪＩＳ規格の現地調査だという。役所や研究所や会社を回って、建材や木製品について調査、見学したのだと聞いた。仕事の後、父は、役人の一行とは別れ、一人でカリフォルニアを観光した。

大叔母が、低い声でさかんに話している。

「サンディエゴを思い出すわ。あそこはね……。あ、そうそう、この服を買ったのもサンディエゴ。このグリーン、鮮やかで深いでしょう。日本にはない色なのね」

大叔母は、着ている服の袖を手で引っ張った。小柄なので、たっぷりしたワンピースがガウンのようだ。話題は、そのまま大叔母の華やかだった頃の思い出話になりそうだ。

カリフォルニアの写真に関心を引き付けたい父が、大きな声を出した。

「今回の旅行は、半分は官庁の仕事だったけど、なかなか楽しかったよ」

父は、旅のいきさつを説明した。祖母たちは満足げに聞いている。

父はもともと気ままな一人旅が好きだ。たいていレンタカーを借りる。一昨年は、学会のついでに、一人でカナダの北極圏まで足をのばした。イエローナイフのホテルでね、窓の外を見ていると、地元の人がいつまでも歌を歌って、こちらに手を振るんだね、なぜだろう。そんな話をして、母にあやしまれる。フィンランドに行った時には、崖からずるずると滑り落ちそうになったらしい。草につかまったよ、下はフィヨルドだ、人っ子ひとりいないんだよ。そう平然と話す。僕たちは、お父さん、下手したら死ぬよ、行方不明のままだよ、そういうのはもうやめてね、と頼む。

テレビの斜め前に立って、父がまた機器のスイッチを押した。広々とした丘陵と葡萄畑が映った。丈の低い葡萄の木が帯状に連なって丘陵にうねっている。色の淡い若葉が透けるように輝いている。ロサンゼルスの近郊だという。

僕は、あまり感動もなく映像を見つめた。

父は、ナパ・バレーだよ、と強調した。

「このあたりのワイナリーに行ったんだよ。自分で動くのがなんだかおっくうになってね、個人の観光ガイドを頼んだんだ」

お父さん、歳なのかな、と僕は少し気が沈んだ。

個人ガイドは、自分の車で旅行者を案内するらしい。僕の父がホテルにあった広告を見て頼んだガイドは、来てみると中年の主婦だったそうだ。

僕は、黙って父の話を聞いた。母も黙っている。

大叔母が問い詰めるような口調になった。

「それで、ガイド料は、いくらだったの」

「百五十ドルだった」と父が応えた。

「まあ、妥当な線だわね」

大叔母は、大きく口をあけ、自信たっぷりに言った。

祖母は、厚手の紅茶茶碗を手にしたまま、

「あら、まあ、そう」としゃがれた声で繰り返している。

祖母は七十九歳だが、このごろ周囲の話のテンポに遅れがちだ。長身を折るようにして、関心のあることだけに耳を傾ける。

祖父がいれば、また話がどんどん逸れてしまうところだが、心臓の検査入院中だ。今日は、父の妹が付き添っている。この後で、僕らは、面会時間に合わせて病院へ回る予定だ。祖母も一緒に行く。祖父には、顔のそばにデジカメをかざして、写真を見せることになるだろう。

それにしても、画面に映っている空の水色は薄くぼんやりとしている。僕は、カリフォルニアの空って、こんなに薄い色だったかなあと怪訝に思う。

小学校の二年生の頃、モントリオールで暮らしたことがあった。帰国する時、途中でロサンゼルスに降り、少しだけ観光をした。椰子の木が並んだ海辺を走った。大きなアルファベットが山の斜面に並んで張り付いていた。ハリウッドと読めた。文字は木で出来ているように見えた。その辺りは禿山だった。僕はハリウッド映画がどうだとかは知らなかった。母も特に思い入れはないようだった。父だけが、興奮ぎみに看板をふり仰いだ。

それくらいしか覚えていないが、海に近い開放感があったと思う。太陽の光が溢れていて、空はもっと鮮やかだったと思う。だが、記憶があやふやなので、大叔母の確信を脅やかすようなことは言わないでおいた。大叔母のご機嫌を損ねれば、それが僕の母にはねかえってくるのだし。

僕は父に訊いた。

「それで、どのくらいの範囲を回ったの」

父は、のんびりした口調で説明した。

「ロサンゼルスの郊外の狭い範囲だね。一通り景色を見ながらドライブして、次にワイナリーだろう。それから、波止場へも行った」

「波止場？」

「サンフランシスコ行きの船がでる港だよ。大きな船を見て、乗りたくなったから、その翌日、サンフランシスコへ行くことにしたんだよ」

大叔母が「その感覚、わかるわあ」と、胸の前で両手を合わせた。

僕はただ「ふうん」と言った。サンフランシスコ行きのために父の帰国が遅れ、母と僕はやきもきしたのだ。勤務先の大学へはどう届けてあったのだろう。父の研究室からは、何の問い合わせもなかった。

父は、映像に従って、ワイナリーのことを話した。工場を見学し、試飲をしたという。もちろん販売もされているが、父は買わなかった。面倒だったからという。

「どうでした」と母が遠慮がちに訊いた。

「うん、なかなかおいしかったよ」と父は応えた。

「どんな銘柄？　参考までに」

「いや、どんな名のワインだったかは、忘れた」

母は、いつものことだという表情になって、俯いた。

幸い、大叔母は、母の方を見ていない。

母は、俯いたまま光沢のあるグレーのスカートのよれを直している。

地味な色だが、光沢があるというところに、母の気合が入っている。どこが違うのよ、と
父は呆れる。父の実家に来る時は、高級ではない服装を心がけるのだそうだ。母は、もとも

とそう高価な衣類など持っていないと思うが、例えば、母の祖父に買ってもらったミンクのハーフコートなどは絶対に着てこない。

何でも手ごろな値段のものしか買わないのよ、買えないもの、と母は言う。ワインもそうだ。よく食卓に上るが、多分、千円台のもの。母は、銘柄と味と香りと色と値段を、真四角の白いノートに記録している。そして、やはりフランス産のワインを買った方が得だと分かったという。当たりはずれがあまりないというのだ。母は、同じ価格帯の日本の国産ワインは論外だと言っている。僕は、未成年だから、お酒に関心はない。

テレビにいきなり室内の光景が映った。窓辺のテーブルにサラダボールが載っている。映し出される旅行の写真の順番が、気まぐれ、無秩序ではないだろうか。僕は、あきれて、父の顔を見た。

父は、何も気づかない様子で、目を細めてうれしそうに言った。

「一人になってからも、ロサンゼルスでは、海が見えるこのホテルにずっと泊まったの。いいホテルだったの」

父は、時々、祖母の話し方にそっくりになることがある。幼児がえりという現象かもしれない。

僕は父に訊いた。たぶん母が訊きたいだろうから。

「お父さん、サラダが盛りだくさんだね。一人分で、こんなに？」

レタスが山盛りの感じだ。マッシュルームやラディッシュはあるのか。トマトなら、ボールの縁にあるようだ。茹でたホワイト・アスパラガスは？　なんだか食欲が減退しそうだ。

僕は、思わず「は」と声を出してしまった。

大叔母が尖った目で僕と母を見た。大叔母は断言するように言った。

「もちろん、サラダばかりじゃなかったわよね。理ちゃんは、舌が肥えているもの。海辺だから、シーフードが色々あったでしょう、高級な食材がね。これ、ルームサービスでしょ。理ちゃんの一行は、日本の経済産業省ですもの。ホテルにとっても、きっといいお客だったわよ」

すごい身びいきだね、それに時代遅れの感想じゃないの、と僕は思う。

大叔母の視線に射られると、むかし同じアパートにいたスペイン系の女の人の黒い目がふっと浮かんでくる。太い糸を網状に編んだ買い物袋を提げて、小走りに歩く人だった。僕を見ると、メープルシロップ入りのキャンディーやミントのチョコボールをくれたがった。離れた所にいても、すぐ僕を見つけるようで、僕には、その人の視線が少し不気味だった。

大叔母は、外国企業に勤めていた夫と共に色々な国で暮らしてきた。どの国についても、自分が一番よく知っているというふうに話す。そして、何ごとにも、自分流に上下の序列を付けないと安心できないようだ。

　二枚で一組のＣＤが二組あった時、一組を誰にあげるかが大問題となる。シンセサイザーが奏でるヒーリング音楽。大叔母の夫が勤めていた企業が何かの記念に配った品だ。気が置けない親類や、親しい誰か、庭掃除に来る遠藤さんなどにあげればいいのに、大叔母はそう考えない。

　あげる相手として、ジムのプールで時たま会う浅い付き合いだが、父親が国会議員をしているという青年を選んだ。選んだ、と大叔母は真面目な顔で言った。

　僕はいつも思う。大叔母さんは絶対君主じゃないんだからね。自分に利をもたらすと思える順、というランク付けは身勝手な幻想だよ。それに、そんな関係はいつでもひっくり返るんだから。

　僕？　高校生の僕については、これからどういう進路を取るかによって、評価がぐんと違ってくると思う。僕は、まず数学と物理をひととおり勉強したいと考えている。その先のことは、今はまだ決められない。この希望は、両親にもまだ話していない。祖父たちにも、受験の話はしない。この家では、どうともはっきりしない子だと思われている。

　テレビ画面の写真は、また一枚先に進んでいる。ホテルから眺めた海岸の光景だ。沖の方で藍色の海水がせり上がっているように見える。

「海の濃い色、きれいでしょ」と父が話している。

そして、思い出したように言った。

「ああ、この辺ね、前に、中崎の家に寄った時に行った日本レストランで、おいしい海老や蟹のお寿司を食べたなあ……」

大叔母は、ふん、とばかりに黙ってしまった。

お父さん、またよけいなことを言っちゃって。

中崎は母の方の親類だ。以前、ロサンゼルスの近くに住んでいた。そこの子供たちと僕は、またいとこという関係になるそうだ。高校生になった今も、行き来がある。でも、僕は、父の方の祖父母の家では、その話はしないことにしている。

父は、急いで画面を操作した。

茶色のカーディガンをはおった中年の女の人が映った。中肉中背というのかな。髪は灰色がかっている。

それが、旅行ガイドの人。丸顔の地味な外見のガイドさんが立っている場所は、え、ガイドさんの自宅のポーチだって。足下は石敷きで、背後は家のベージュ色の壁である。

「誰なの。理ちゃんの、どんな知り合いなの」

祖母が、けたたましくしゃがれ声を上げた。

父と大叔母が、「ガイドさん」、「ガイド」と繰り返した。

祖母が納得したかどうかはわからない。

父が言った。

「ガイドさんの家に寄ることになってね。ホテルへ帰る道の途中だからって。お茶をごちそうになった。むこうの人がよくやるように、家中見せてくれるわけ。驚いたね」

僕は、ちょっと変な奥さんだな、と思った。

母は、「そう」とだけ言って、前を見つめている。母はこの家ではあまり話さない。いろいろ経験し、波風を立てないためには、発言しないのがいいと悟ったらしい。

母は、たいてい祖母たちの言うことを黙って聞いている。時おり、胃が痛みだすことがあるようだ。左側の肋骨の下を左手でそっと押さえる。

暮れになると、祖父の家に蕎麦が送られてくる。祖母は、うんざりするわ、と軽蔑するように言う。蕎麦は僕たちの家に回る。

以前、家に帰る車の中で母が呟いた。あれは傲慢、我儘なえり好みね、品物じゃなくて人の。父は何も言わなかった。

テレビ画面から、ガイドの女の人の姿が消えた。替わりに、その主婦の家のキッチンの前のテラスでコーヒーを飲む父の姿が現れた。

父の背後の庭に、テラコッタの垣がある。その手前にある花壇には、赤や紫や白のひらひらした花が咲いている。僕の家の近所でもよく見かける、朝顔を小さくしたような花だ。キッチンのドアは開け放されている。その奥の白いドアも半分開いている。キッチンの奥の部屋まで見えるではないか。床はリノリウムらしい。ドアに近い木の棚の下の方に様々な箱や袋がある。

あのキッチンの奥は、きっと食料品や日用品を蓄えておくパントリーだ。

そう思った時、母が言葉を漏らした。

「パントリーのドアまで、開けっ放しね」

ああ、お母さん、几帳面な人ばかりじゃないんだよ。それに、お父さんは全く気にならなかったと思うよ。

僕は、そう伝えたくて、母の目を見た。一呼吸置いて、小声で母に言った。

「モントリオールのアパートのキッチンの隣もパントリーだったね。ドアは、がっしりしていて、重かったね」

母が応えた。

「厚いオークの木だったわね」

大叔母がじろりと僕たちを見た。

僕たちは喋るのをやめた。僕は、開け閉めする時の、厚い木のドアの抵抗感を思い出していた。

モントリオールで住んだアパートの、キッチンの隣の部屋は細長かった。壁一面に棚があり、反対側の丈の高い細い窓の下に、奥行の浅い長い机があった。床はコルクだった。壁いっぱいにある棚には、食品や日用品のストックの他に、本や文具も並べた。

机の前にだけ、母は小型の敷物を敷いた。背もたれはあるが、丸い簡素な木の椅子に座って、母はアイロンをかけた。大学で近代史の概論を聴いていたから、そのための資料や本を読んだ。僕の宿題を見てくれた。何より、手紙をよく書いた。

父の方の祖父母には、一週間に一、二通の便りを書いた。祖母から、三日にあげずという感じで手紙が来るのだった。母はとても気を遣って返事を書いた。

母は、自分の実家へは、月に一度だけ便りをした。モントリオールへ行ったばかりのころは、マーケットの野菜や魚の写真を送った。ショーウィンドーの傾斜に見事に並んだケーキやパンの写真も送ったし、バーゲンセールのチラシも送った。物価について、説明をつけて送った。自分の母親を安心させたいと思ったそうだ。

「でもね、伊豆のおばあちゃんは、カナダのことは、どうでもいいみたいなの。元気でいればいいのですって。だから……」

手紙をあまり出さなくなった理由を、母はそう説明した。寂しげな顔をしていた。

本当はもっと深い事情で母の心が冷えたのだと思う。夏の終わりに、親類の人から重い昆布の束が送られてきて、僕たち家族は驚いた。手紙には「そちらで、どんな食生活を送っているか、お母さんに尋ねましたら、さあ、どうしているのか、知らないわ、ということでしたが……」と書いてあった。おばあちゃんは知っているはずだのに、と僕は思った。

急に秋がやって来た。木の上や芝生や街路をちょろちょろと動き回っていたリスの姿を見かけなくなった。十月になると、並木の楓の葉が黄色くなり、やがて静かに街路に落ちてきた。澄んだ空を背景にして、大きな厚みのある葉がまっすぐに落ちてきた。母は、パントリーの棚に置いた手軽な植物図鑑を開いて調べ、その木は黒楓だろうと見当をつけた。

「ブラック・シュガー・メープル」

僕は二度暗唱させられた。

葉が落ちきってしまわないうちに、僕たちは、黒楓を見に出かけた。日曜日の午後だった。まず、母が好きな建物に寄った。標識を見ると教育施設の敷地らしかった。いつも人気（ひとけ）がないのが不思議だと母は言った。黒い鉄柵のすぐ先に、大きくない落ち着いた建物があった。屋根は黒く、二階建ての壁はコンクリートで白かった。黒い鉄の門の外から、白い壁の下まで、鮮やかな黄金色の落ち葉がびっしりと重なっていた。僕は、大きな落ち葉を二枚拾って、一枚を母に渡した。

母が、その葉をつくづく見つめて呟いた。

「傷ひとつない、こんなに澄んだ黄金色の大きな落ち葉があるなんて」

僕たちは、しばらく鉄柵の外から内側の黄金色の空間を眺めた。

それから、父がいる大学のキャンパスへ向かった。父がそこで界面化学という分野の研究をしていた。日曜日にも、半地下の部屋で実験をしていた。

大学のキャンパスに人影はまばらだった。脇の門から入って、正門の方に回ってみた。石の建物と傍に立つ黒楓の大木が、互いの色彩を引き立て合っていた。芝生の上にも通路にも、黄金色の落ち葉が散っていた。

「大気が、薄い紫色を帯びているみたいね」と母は言った。

母はじっと薄紫の空間の先の方を見つめ、キャメル色の短いマントの前をかきあわせた。溜息まじりに、また呟いた。

「こんなに澄んだ黄金色の葉があるなんて」

僕は、母が涙をこぼすのじゃないかと心配になった。そのせいか、母が着ていたものまでよく覚えている。

何と応えればいいか分からなくて、

「これから、寒くなってくるの」と母に訊いた。

大気から紫色が消え、暗くなってきそうなので、僕たちは、黄金の道を足早に父の研究室へと急いだ。

その日から間もなく、家のパントリーの机の下に籐の籠が置かれた。母は、籠に毛糸玉を入れ、足下から、するすると毛糸をたぐり寄せ、セーターを編んだ。

四本の編み棒と毛糸がリズミカルに動くのを、僕は感嘆して見ていた。人差し指がくるくると毛糸を繰った。

「すごい。誰に習ったの」と僕は訊いた。

「おばあちゃんよ。おばあちゃんは何でも上手なの。お裁縫やお習字も」

「伊豆のおばあちゃんは、キッチンの前の畑で、ブロッコリーやなんかを育てているよね」

母は、それには答えず、

「秋も、すぐに終わってしまいそうね」と心細そうに言った。

僕は、母の隣で日本の教科書や昔話を読んだ。それに飽きると、色紙を切って遊んだ。鋏を使っていると、なんだか母と同じようなことをしているようで安心できた。色紙で、羊や柊の葉を切り抜いた。次に、皿に敷くレースペーパーを細かくカットしてみた。うまくいけば、雪の結晶みたいに見えるだろう。

母が、僕の手元を見ながら言った。

「その網のようなのや、犬、面白いわね」

「これは、雪の結晶と羊だよ。クリスマスに飾るんだ」

「じゃあ、上手にできたのを、日本に送ったら」

「どっちのおばあちゃんに？」

「鎌倉のおばあちゃまに」

父の両親のことを、母は、おとうさま、おかあさま、と呼ぶ。僕にも、様づけで呼ばせようとしたが、僕は拒んだ。

「伊豆のおばあちゃんには」と僕が訊いた。

「そうね、おじいちゃんが喜ぶわ。図書館に持っていくかもしれない。館長室じゃなくて、児童書のコーナーに飾るかもしれないわよ」

母は、紺色のセーターの袖の上の方に、ピンクと白で細かい編み込み模様を入れた。チクチクという感じでひと目ごとに色が変わり、三色が入り乱れていた。雪の結晶の模様だったのかもしれない。

そのセーターを着て、僕は登校した。小学校の二年生だった。学期は十月に始まったばかりで、まだよく知らないクラスメートたちが、編み込み模様を指さして、「グレイト」と言った。

母はそれきり編み物をしなかった。表紙に布を張ったかっちりしたノートを買ってきて、何やらしきりに書き始めた。僕は、お母さんの日記かな、と思った。僕の傍で、書いたことをすぐに読み上げることがあった。黒楓のことは、散歩しながら話したのと同じような内容だった。

「楓。黒楓というらしい。日本の紅葉（もみじ）のようではなく、プラタナスに似た大きな葉が、赤ではなく黄金色になって……」


シャッと機械音がした。父の映写会がおしまいになるようだ。

「驚いたね、ガイドさんに、二階でお酒を勧められた」

父が、大叔母にそう話しかけている。

僕は、どきりとして、父の顔を見た。

大叔母が、華やいだ口調で訊いた。

「その人、ご主人は、いなかったわけかしら。ご主人はどんな仕事なのかしら」

「石油関係で、アラブへ行っているとか言っていた。詳しくは聞かない」

「あらま、そう」

大叔母は、上半身を反らせて愉快そうに低く笑った。乾いた笑い声だ。自分の甥のことだから、不用意だなどと追及はしない。

父がソファに座った。空いていたのは祖母の右隣だ。

「もちろん断って、早々にホテルへ帰った。そして、さっき映ったサラダやなんかを食べた」

父は、言わねばならぬというように、ゆっくりと結末を話す。

母はすました顔をしている。

祖母が、僕の父の方へ上半身を傾けた。血管が浮いた手で父の膝を叩いて、大声で訊いた。

「誰、何なのよ」

ひゅーと掠れた音が、祖母の喉から漏れた。緑とオレンジ色のチェックの肩掛けがずれて、父の膝にぞろりと落ちた。

桔梗

各務　麗至

〈著者紹介〉

各務麗至（かがみ・れいじ）

一九四八年六月二十四日、観音寺市生まれ。香川県在住。

一九六六年創刊第三次詭激時代「戞戞」編集発行。

日本文藝家協会会員。

著書

『ぼろおん』（鳥影社）

句集『風に献ず』（詭激時代社）など。

若くして亡くなった母もだけど、生きていれば父は七十八歳になる。

元々酒でからだを壊していたこともあっただろう。病院や医者にかかるよう継母はなんども懇願していたが父は頑として拒否して当然のように畳の上で亡くなった。今年は父の七回忌の年だった。丈晴（たけはる）が、久しぶりに帰ってきて「中途半端に遠くて中々来れなくてごめんな」と、仏壇の前で手を合わせている。

七回忌の相談をしたいと私が呼んでいたのだった。

お茶を淹れて丈晴と向かいあって、私も丈晴も静かすぎる継母の気配をうかがっていた。

「美奈ちゃん、順調……。今度は美奈ちゃんに似た、女の子だといいんのに」

「来ると言ったけど、四十前のもう無理かも知れんと思った高齢出産目前だから……。小さいのが一緒についてきて話にならんではいけないで」

思えば、全身に転移しつくした癌との闘病の父の晩年。それが母への償いで、自責の念でもあって、苦しみや痛みを当然のように受け入れていたのだろうか。

それでも……最後の頃は、それまではなんとか辛抱していたのか何も訴えなかったのに苦痛を怺えた顰(しか)んだ顔で、「早う楽にしてくれ」と叫んだり、壁に狂ったように顔面をぶつけたり、血の出るまでからだを掻きむしったり、「次が最後の呼吸ならよいのに」と、痛いと呻き、死にたいと呻き、父はうわごとのように繰り返した。継母のつきっきりの世話も、私や丈晴の心配も知らずに……、救急車を呼ぼうが誰が何を言おうが聞く耳を持たなかった父は最後まで入院を頑なに拒否して苛々はらはらすることしきりだった。

ある日、「殺してくれ、もう死ぬ」と、転げまわって呻き苦しみ叫びだした父に、継母はどうしていいのかわからなくなり、呆然と崩れてしまった。

それが男伊達といわんばかりに強がって、思いのままに何もかもねじ伏せてきた父が、今さら何ができるでない継母に「殺してくれ」と助けを求めていた。継母の疲れ果てた混乱を目のあたりにして私にはいろいろなものが走馬灯のように駆けめぐり、そして、父の痛苦を見てきた痛苦の中で……、無性に憤りが込み上げてきたのだった。私は、物置に走った。

「そんなに死にたいんなら、死ぬんなら、母さんのように私の目の前で死んでみ。痛いの辛抱できんなら、初めから行こ言ってるのに、『入院はいやじゃ』などえらそうに言うな。人の気も知らんで、そんな簡単に死ぬるもんならこれで死んでみ」

私は物置から取ってきたロープを父に叩きつけた。と、狂気したように継母が飛んできて私を睨みつけ、ロープをひったくって取るとへたり込み胸に握りしめた。継母の俯いてしまった目が、まさか潤んでいるように見えたのは私の目が滲んでいたのか。

継母も丈晴も私も、いくら破目はずれのろくでなしでも父は父で、その頑固を最後の流儀と甘んじているのに、今すぐ死なれるより病床でもいい生きれるだけ生きていてほしいと願っているのに、……情けなかった。

「あの時の姉ちゃんこわかった」

丈晴が遠い目をして思い出したようにぽつりと言った。

その後、父が二度と「死ぬ」と言わなかったのは私の「生きて」という剣幕がわかったんだと丈晴はつづける。そして、呻き声を怺えてのたうちまわる父によりそい、継母は来る日も来る日も父の背中をさすっていた。

最後の二日は、よく言われる「いい目を見せてくれた」のか、父は一切の苦しみから解放されて穏やかな大往生だった。

「父さんの最後ぼくはすごいと思った。家族にぜんぶ見せて、あれが自然死なんだろな。生命維持装置着けて、死んだように永らえるより、ぜんぶありのままに受け入れて……」

そんな丈晴の声に、なんだか寒くなって、母は……、と、私は逃げるように思っていた。

「心配せんでええきん、そのうちに笑い話になるきん」

今の私より、今の丈晴よりも遙かに若かった母は、私に笑顔を残して死んでいった。

母には恨みも心残りの過ぎる間もなかっただろう。あっけない死だったがそれが救いかも知れなかった。だけど……、だから、でも、……と、又私は思った。母は、私の中で、いつまでも生きているように死んでしまったが、辛苦は別にして死んだようにであっても、生きていてくれる方が……。

「親子って……」と、丈晴が言った。「家族って、ぼくは知らなかったけど、ちょっと一緒にラーメンなんか食べる時でも、家族って、みんなあんなに楽しそうなんだ、って……」

高校時代に友達とクラブ活動の帰りのラーメン屋で丈晴は驚いたと言う。「姉ちゃんもぼくも、そんなの一つも知らないで育ったから。ぼくも姉ちゃんも、家庭持っても大丈夫だろかと心配に思った。姉ちゃんのなかよしの唯子（ゆいこ）姉さんも結婚に失敗して死んでしまって」

私には……、そういえば、唯子の記憶や幼い時のやさしい母の記憶があるからまだ救われたが、継母には、私の目の中に愛されている弟へのねたみが見えたのだろう、その憎しみを和らげようとでもするかのように、丈晴を、必要以上に抱いたり甘やかしたりするそれがなかった。丈晴が宮下の家に来た当初から、私は弟を辛い目にあわせていた。この子のせいで母が死んだ、と憎んでいた。恨んでいた。しかし、半分は血は繋がっていて、……。

「父さん亡くなって、急に気弱になって」と、丈晴の視線がおよいで、「でも母さん、ぼくの世話にはならん、って……」

「姉ちゃんにも、言ってるよ。涼子（りょうこ）の世話にやならん、って」

「十分世話やかしてるのに、憎まれ口ばかり叩くけん。ぼくが家を出てしまって、姉ちゃんにぜんぶ押しつけて……。でも母さん、ぼくより姉ちゃんにしてもらいたいんだと思う。それに姉ちゃんお嫁にいかないのは母さん自分のせいと思っている。許されないんだよね、ずうっと憎まれないといけないと思ってる。ぼくもそんなに思ったことある」

「えっ……」驚いて私は丈晴を見た。やはり私は、丈晴にそんな辛い思いをさせていたのか、と、キュッと胸がしめつけられる。

「姉ちゃん、丈晴の小さい時いじわるばかりしてたから、やっぱし高校までしか行かしてもらえなかったし……。男は家を出て一人前だなんて、よく言うよ、自分の子に……。女こそ、三界に家無し。ここは丈晴の家だからね、跡取りだからね、お前が」

「ぼくは勉強好きじゃなかったから、丁度よかったんだ。それに、姉ちゃんよくごめんってぼくに言うけど、ぼくは記憶ないよ、いじわるされてたって。唯子姉さんと三人で『かごめかごめ』なんかして遊んでた覚えはあるけど。こんな話やめよ。父さんの七回忌の話をしにきたのに」

「向こうに行って、三人で話してみようか」

「いいの……」

「丈晴のお母さんだし、父さんのお嫁さんだからね。なんだか姉ちゃん嘘みたいに一緒に暮らしているけん、……なんだろねぇ。あれまぁ、耳も遠いのに、もうお前が来たのに気づいて、何か言ってるよ」

「ほんとだ……」

「涼子に任してたら、どうなってるんか皆目わからん。丈晴、丈晴来たんか」

父が亡くなって継母は急に弱々しくなっていた。よく寝込んだ。そんな継母が、丈晴の声にしばらく起きようともしなかったベッドからもう毒づいていた。


細々と「結（ゆい）」という喫茶をかねた古着のリサイクルショップで生計をたてていた。

短大で商業デザインを私は専攻した。卒業後二、三のお店を経験勉強してこの仕事をはじめることになったのだが、今は毎日駅前のお店まで郊外の山辺で継母と住む自宅から車で通っていた。時々結婚式のコーディネーターや青空マーケットに出店したりもしていた。そして、若者むけのヴィンテージものを扱いはじめて「評判を、知人に教えてもらって」と、県内だけでなく隣県のそんな遠くからというありがたいお客さんもいたのだった。

お店は、小さいながらも古い建屋を私のデザインで吹き抜けに改装したものだった。

屋根裏納戸だった一部をバルコニーの中二階にして、喫茶用のテーブルをならべた。太い梁などは剝き出しで木組みの浮き階段も中二階の手摺りも古材を利用して木造民家の素朴を強調したのだった。厨房とレジカウンターは階段下の空間をうまく活用して設（しつら）えて古着ショップと喫茶と、どちらからも声がとどくシンプルでこぢんまりとして私の理想の城になっていた。そして、お店をはじめた頃は、外見はそのままだからいったい何屋さんかと通りすがりの興味だけで何をしに入店してくれたのかわからないお客さんもいろいろいたのだった。

いろいろといえば、……実母と早くに死に別れ、継母が来たのは、父娘二人になった私が小学校の二年生になった頃のことだった。

母が亡くなった一年後に、祖母も亡くなってしまった。

あの頃……。こわい父の再婚に、私は「いやだ」と泣いて嫌がっていた記憶がある。

いくら夫婦仲がよくても父を怒らせたらこわいのは母も知っていた。普段はそうでないのに、酒を飲んでこわい父になると、母は用もないのによく外に出ていたように思う。そして、あんなに楽しかったのに、なんで……と思う父と母の破滅への経緯は、とても私では理解などできることでなかったにしても、「いやだ」の私のその一言は、まだ小さかった私の胸の中で暗く燻りつづけていたことの総量でありエキスだったのかも知れなかった。

「それでもあんた、亭主か。子の親か。うちらいったい何やと思っとるん」

その夜、母の金切り声で目を覚ました。「なにぃ」

パシッと肉の裂けるような音がして、ヒィーッという母の悲鳴が聞こえた。

「また泣く」父はふてくされたような顔で、「ち、ちょっと、遅うなったくらいで、ど、どいつも、こいつも、ろくな奴がない」

「みんなあんたが悪いんじゃ」と、母は泣き声になって叫んだ。

夏の夜長で障子はどちらの部屋も開け放たれていた。板の間をはさんだ隣の部屋の布団の中で、私は祖母にしがみついて息を殺した。

板の間をドタドタと音をたててゆくと、父は酒を出してきた。そして又ドタドタとかえってきた。母は三角の目をして布団に座っていた。その母の枕元に父がドカンと座る。「いいかげんにしてぇ。安心せぇの言い訳もできんで、まだ飲むんか。飲んでごまかすんか」

ほんわか女らしいやさしい母だったのに、その据わった目つきはただごとでなかった。気でも違ったように、とつぜん母が父に殴りかかった。そして父に組みつき突いて突いては蹴りつける。だけどそこは男と女だった。母は手首襟首を鷲づかみにされ、投げ飛ばされ蹴り飛ばされた。その夜の母はしつこく父に絡みつき絡みついては叩き伏せられていた。

「話があるの……」少し前から、母の声ではじまる夜中の諍いもなんどかあったが、こんなことにはならなかった。

母は懲りずに父に組みついて今度は酒瓶を取ろうとした。極端に腰をうしろにひき背中を屈めたへっぴり腰で、母は酒瓶をかかえて足掻いていた。離そうとしないのは父もおなじだった。父のどら声と母の泣きわめく声とがいつまでも聞こえていた。

やがて酒瓶を諦めたのか、母がひょいと父の手からコップ酒を取り上げたのだった。

そのまま母は板の間を走って、思いっきり土間に叩きつけたのだった。コップの割れる大きな音がした。父はろれつのまわらない怒鳴り声で、

「い、いいかげん、せんかい、女、お、おんなって、このアホッ」

と、叫んで又手を振り上げた。「ワァーッ」と、子供のように泣き叫ぶ母の声と、「やめんか、タケヨシ。やめんか」祖母の声が入り乱れていた。

父と母の諍いの発端は、外に父の子供ができたことだった。

それまでは、父の飲んだ勢いの、男伊達が裏目の遊び関係くらいで済んでいたのだろう。

私がまだ小さかった頃だった。祖母は日雇いや出里の、「田を見てくるきん」とか、「今晩は寝ずの水当番に当たってしもた」だとか、日が暮れはじめると、何くれと口実をつくってはよく家を空けた。

葉タバコの乾燥の頃だった。

「夜なべの火の番請けたけん、あたしゃ今晩おらんきん」

父が私を越えたのだろうか。母にそうっと抱かれて押しやられたのかも知れなかった。

真夜中に目が覚めて、ふと見ると、父と母が愉しそうに裸と裸で抱きあっていた。「ずるーい」と、私も母にまぶれついた。

二人にはさまれて川の字だったのに、裸になれば母と私はいつも入れかわっていた。硬くて痛そうなごつごつした裸で、父は、母の白くてすべすべしたやさしい裸を踏み躙るように抑えつけた。「アァッ」母のほそい声がして……。

でも父は、母をあられもない姿にして重なって乱暴にいじめているのではなかった。長い髪の母の頭をすっぽりとやわらかくつつんで抱いて、母は父の胸の下でうっとりと小さくなって掻きついている。母が抱きしめている父の背中の手が強くなったりやさしくなったりして、二人は重なりあって一心に力と息を合わせていたのだった。大きな父の裸につつまれて、大きな父に揺るがされて、母が揺れていた。目をつむって力んでいた母の苦しそうな白い顔がいやいやしてのけぞった。そして花びらがひらくように口がふるえて開いて、怺えていたのかやっとの声が悲鳴になってこぼれた。父の裸の力がゆるんで、母の裸がやさしくなって、すすり泣いているのに母は泣いていたのではなかった。

父に抱かれたまま赤いくちびるを子供のように突き出して母はキスをねだり、そしてはずかしそうに父にすがって……、なんだか私なんていないように見えた母の夢中な表情だった。その頃はまだそんな父と母がいてしあわせだった。

薄暗闇から、「ううん、もうーっ」寝返りする母のけだるそうな声がした。

「リョウが生まれて、三度に一度もないんかい」と、父のどすのきいた声がする。二人はいつからか背中を向けて寝ていた。

「話があるの……」

和解と修復を母は思っていたのだろう。夫婦の交媾で甘えようと母は父に抱きつこうとしたが無下に押しのけられていた。

私が小学校に上がる頃だった。私の目の裏には、母のくやしそうな、寂しそうな、いつまでもふさいで考え込んでいた顔が……、意識をすれば、残像のようにしらしら浮かんできて忘れることができなかった。

その日――、父が戸口に立ったまま私の方を見ていた。

「母ちゃんのなんの力にもばあちゃんなってやれんでのう」とか、「狭い一ツ家に、あたしさえいなけりゃ一晩たてば元のミョウトに戻るんやろにのう……」と、辛そうな独り言を祖母が言うようになってからでも何ヶ月か経っていた。昼食の時間を割いて帰って来たのだろうか、それとも早仕舞いしたのだろうか。私は父を見てぎこちなく笑ってみせた。

「母ちゃんは……」と、父が言った。買い物ではなさそうで、それにしても母がどこへ出かけたのか知らなかった。私はそう言った。

「やっぱり、……くそっ。男が来たやろ」そう父が言った時、私は言ってはいけないことを口に出してしまったのだと思った。慌てて「そんなん誰もこんかった」と私は言ったが、昼前に男の人が来たのだった。母が出て、玄関の外で何かひそひそ話す声がしていた。母は私に、「ばあちゃんに頼んどくから」と、祖母と二人で昼食をするように言うと、小さな鏡台をのぞきこんでちょっと顔や髪のあたりをつくろいそわそわした感じで出て行った。

父は怒った顔つきで下駄箱を開け母の靴のないのを確かめたのだった。母の普段履きのサンダルを蹴散らかすと、ペッと唾を吐いた。そして自転車に乗って坂道を下って行った。

入れ替わりに母が帰ってきて、私は何か煮え切らない息苦しさの中で、母には急用でもあったらしい父が昼休みの時間に家に戻ってきたということは言えなかった。祖母も何も言わなかった。だけど母は、閉めたはずの下駄箱が開いているのを見て怪訝な顔つきになり、しばらくの間そこに蹲(うずくま)りつくねんとしていたのだった。

「そないとこに、いつまでも突っ立っとらんと」

その日の夕方だった。炊事場と玄関は土間でつづいていた。仕事帰りにもう一杯ひっかけたのか、酒のぷんぷんにおう父に、母がおどおどと小腰を屈めて言っている。父の前で、母は昔のような清々しさや潑溂さが見えなくなっていた。

父の顔には、何かまだ昼間のいきまいたような感じがあった。

「早う上にあがって、ご飯の用意もすぐできるきん」炊事場と板の間の卓袱台まで母は上がり下りも忙しげに動きまわっていた。

私の目には、母はまだ若くてひいき目なしに十分の美人だったたし、腰などまだ曲る歳でなかった。父をこわがるにしても時折見せる極端すぎる姿勢だった。母は、多分、もう何かにつけて自信をなくしていたのかも知れなかった。

「ユイ、お、おんどれ……」

父は母の手を鷲づかみにして引きずった。引きずられながら母は笑顔で私の方を見ると、

「ちょっと出てくるけん。父ちゃん用があるげなけん、誤解やきん、心配せんでええ、すぐ戻るきん」と出て行った。

父は遅くに帰ってきて寝床に就いたが、母はその夜帰ってこなかった。

翌朝、まだ暗いうちから私は母を捜した。母は一睡もしてないような疲れた顔で、物置に座っていた。顔には殴られたような痣もあった。私は何も言わずに母に抱きついた。

「笑い話になるけん、心配せんでええきん」

抱きついた私を泣き笑いのような顔で母は抱きしめてくれたのだった。

どしゃ降りの雨の中、母が交通事故で亡くなるのはそれからふた月後のことだった。

父はしばらく不機嫌を通していたが、後悔することでもあったのか、次第に仏壇の前で手を合わすようになった。

母は亡くなる前に、子供ながらの私のその辛そうな心配そうな顔を見て、

「母ちゃんや父ちゃんわかってくれる人に相談しとるけん、子供は心配せんでええ。もうすぐ笑い話になるきん」母はそう言っていたのだった。

それでも、……物置に逃げて、私も一緒に隠れて抱きあって寝た日もあった。でもぼんやりしてぬかるみに自転車のハンドルを取られたわけではなかった。不機嫌だった父はどうか知らないが、私はそう思いたい。母が、買い物を済ませてお店を出る頃は、急いで帰ればまだ心配するほどのことでもないと思ったのだろう。それが本降りになってしまった。目撃者もいて、現場検証でも、雨で母が見えてなかったというトラックの運転手が頭をかかえて蹲っていた。

遠くの大きな病院に運ばれたまま、一晩母は帰ってこなかった。悲しさが宙ぶらりんになって、私は母の布団にくるまって敷布団を叩いて叩いて狂ったように顔を埋めて埋めた。

いくら祖母がいたからにしても、……それでも祖母がいたからまだ救われた。人前で泣い

たのは、一度。お葬式の日の母との最後の別れだった。祭壇も、飾られた花も、長いお経も、線香の匂いも、私はぜんぶ嫌いになった。私は、なぜ大勢の人がこんなに来てこんなことになっているのかわからなかった。母が又どこかに連れていかれて、もう見えなくなるのでないかということだけはわかった。だからいやだった。お棺の中でもいい、もう母を、もう死んでしまった母を、もうどこにも連れていかないでと私は泣いていた。私を置いていかないでと泣いていた。

お棺の中の、菊や白百合の花につつまれたやさしい母の顔をなでながら、ぜったい誰にもさわらせないと大泣きに泣いて泣いて涙は涸れた。

それでも時々、どうしようもない悲しさや辛さに襲われて、物置や押し入れの中で声を殺して怺えて泣いていたこともあった。母が亡くなって、……誰のせいかと私は言いたかったが、家庭を失ったような父はますます荒れた生活になり外泊が頻繁になった。

ところが、かわいげもなくなった私に今さらの心配をして、外の子の母親との再婚の話が出てきたのだった。母が、嫌がっていたことがつづいていたのだ。私には母親が要るというのは祖母も言っていた。私は、張りつめて怺えていた気持が堰を切ったように父に殴りかかり、意味もわからず「フケツ」「サイテー」と睨んで叫んで寝っ転げてバタバタ暴れまわった。母が、帰ってくるところがなくなる。ぜったい許せなかった。

「ユイ……」と、目を瞠(みは)って固まって口ばしった父は、……。

祖母が亡くなるまで、父はその話を二度としなかったが話はできていたのだった。母の三回忌の頃、二つになる丈晴をつれて、丁寧に「お願いしますね」と、継母になるその女性が父と私の生活の中に入ってきた。私は小学校の二年生になっていた。


嫉妬深い憎々しいすごい目をして見ていたのだと私は思う。継母がまだ二つの丈晴を抱かなくなったのは、私のせいだと思っている。

その頃、私はどこまで許されるのか、継母をためす悪さばかりしていたのだった。

私に神経をつかう分、かわいそうに丈晴は、実子だからこそきっと遠慮もなくぞんざいにあしらわれていたのでなかったか。そして腹違いなどとわからなかった丈晴は、私に甘えて姉の親愛を求めていたのかも知れなかった。

「あっちに行って」と、撥ね退けてもはねのけても、「ううっ」と小さな両手で泣き顔を怺えて、いかにも「お姉ちゃん」と言わんばかりに抱きついてきた……。

丈晴は三歳になっていた。私の剝き出しの嫌悪もいじわるも、いつもどこ吹く風だった。

だからまだ気は楽だったのだ。それが、……急に、いつもの底抜けの元気がなくなり、両手をダランと下げて、黙ったまま、今にも倒れそうな格好で障子に凭れかかってしまったのだった。

怺えた泣き顔をして、部屋にも入らずうらめしそうな上目遣いで見つめてきた。ご飯もお風呂も寝るのも一ツ家で、ぼくの「お姉ちゃん」なのに……。何がなんだかわからないままに耐えてきた限界だったのだろうか……。何かを言おうとしているその目が……、そんな姿が……、私をゾクッと寒くさせた。いつもの冷たく見捨てるようないじわるで、泣き顔になった丈晴を……、私は思わず抱きしめてしまった。

つっけんどんに追い払わずに、私が駆け寄って、……なんで、と、驚いた。

母が亡くなって、一人隠れて怺えていた私の悲しさが重なって蘇ってきたのだった。私はたまらなくなって、多分私を抱きしめたのだった。

抱きしめると全身でぴったりと丈晴は私に掻きついてきた。これが許し許される親愛の無償の信頼だろうか、無心で抱きついてきた。私のせいで実の母親にもそっけなくあしらわれて、境遇のおなじ子供の姉を頼りにして甘えてくる……。あったかくて、不憫で、今までのいじわるは何だったのだろう。私は無条件でいとけない甘えで許されていた……。

抱きしめてくれる母や祖母がいなくなって以来、私には忘れていたあたたかさだった。

そして、その頃私はそんなあたたかさで救われていたもう一人の人がいたのだった。その人は唯子と言って、呼び名も、今はこの世にいないのも母と重なるようにおなじだった。

「どっちがお姉ちゃんかわからなーい」唯子は弟のほっぺたを突っつく。私とおなじように唯子を「お姉ちゃん、お姉ちゃん」と丈晴は慕っていた。私に取り入るために、私の傍に私に追い払われずにいるために、丈晴は私のなかよしの唯子にくっついて離れなかったのではないかと思う。

小さいながらも、父や義母と違う私の大切なものがわかっていたのだろうか。そんな弟を、私は複雑に眺めていたが、唯子も又丈晴を私の大切な弟だという目で見てくれていたのだった。そして、唯子は末っ子で、弟のいる私を羨ましがっていた。私と違って丈晴の相手をよくしてくれた。私の至らなさのどうしようもないところを……、ありがたいことに、唯子が丈晴をかわいがってくれた。私のいやなところをカバーしてくれた。

もう十年も前になる。思えば亡くなるひと月前だった。離婚後の病床とはいえ、唯子なら再起すると昔を懐かしんでいたのだった。

「夕やけになってもいつまでも遊んでいたねぇ……。覚えてる、影踏み遊び」

縄跳びは、まだ丈晴にはできない。できないできないが丈晴では多くて、砂遊びもケンケンパーもかごめかごめも飽きて、今度は何をしようかとひらめいて影踏み遊びがはじまったのだった。

影踏み遊びは丈晴には初めての経験だった。鬼から逃げたり鬼になって追いかけたり、嬉しそうに一緒におもしろがっていたのだが、そのうちに時々立ち止まって丈晴は不審な顔をするようになった。唯子や私の影でなく、前にうしろに丈晴の影がいつまでも離れない。そんな影から、なんだか丈晴は逃げようとでもする慌てた素振りになっていたのだった。それまで影など意識することもなかっただろう。私や唯子の影などに目もくれずに素っ頓狂な格好で走りまわる弟だが……、かごめかごめの鬼になって目を塞いで固まった時と逆で、影踏み遊びよりなんともそちらがおもしろくなっていた。唯子と二人で呆れるように眺めていた。

あっちへこっちへ、影は逃げても逃げても丈晴を追いかけた。足を上げたり踏んづけて飛びのいたり、そのうちに顔色が変わってきた。悲愴でも滑稽でもあった丈晴が、声をあげて、逃げて逃げて泣き出してしまったのだった。唯子が私より先にケラケラ笑いながら追いかけて走ってゆき丈晴を抱き上げた。影は当然唯子と一つになった。

驚いたように足許を捜している丈晴に、「影は何も悪いことせんきん。起き上がってはこんきん、タケちゃんの家来の影のままだからこわくないけん。それにお日さんが照らしてるから、見てみ、木もブランコも姉ちゃんもタケちゃんもおんなじ、みんな家来の影持ってるきん」

唯子の助けの手とかわいい説明は小さな弟には安心以外の何ものでもなかっただろう。唯子に抱かれて丈晴はもう嘘のように笑顔になっていた。

その日、夕やけがはじまっても私たちはまだ遊んでいた。

「きれいな夕やけ……」

唯子の声にふりかえって「うわぁーっ」と感嘆して、なんだか胸がキューンとしてきて広場の草むらに膝を抱えて私は蹲ってしまった。

刻々と移り変わる光景に私は見とれてしまった。赤々と、……うしろの正面に大きな夕日が見えて、雲が爛れて、唯子も丈晴も私の横に座った。夕やけの金の光を浴びて、三人ならんでつつまれてそれこそかごめかごめの夢の中にでもいるようにうっとりと染まっていた。

「別世界にいるようやねぇ」

と私は呟いた。嫌な父や継母に叱られるのは慣れっこになっていたのだった。だけど、本当に夕やけの向こうに別世界があるのなら、そこにはきっとやさしい母がいて、私は家に帰るよりすぐにでもそこに飛んで行きたいと思った。

「またあした、というの、ぜったい私わかったけん」

唯子がとつぜん夕やけに背を向けて立った。私も丈晴もつられて立った。目の前には長い影の三人がなかよくならんでいて、思いがけないほど遠くまで伸びていた。「見て、影は東に向かっていくんよ。明日のお日さん迎えに行ってるんよ」

あの時の唯子の声は昂然としていて、再び会える明日を疑いもなく信じていた。

「もうーっ」と、涙目をして、唯子は思い出したのか小さな声で夕やけが見たいと言った。

窓を開けると、「うわぁーっ」子供の頃に帰ったような感嘆の声が出て、私は唯子をささえて起こしたのだった。そして夕やけが見えるようにベッドに座らせた。

「きれいな夕やけ……」

ベッドに唯子とならんで座っていた。夕やけに染まって……、三十年が経っていた。


母も父も唯子も、……だけでなかった。私は忘れていたわけではなかった。思えば癇性気味な継母の声は、丈晴の母ながらいつも私は虫唾が走るのだった。

確かに初めは「涼子ちゃん」とやさしい声だった。夕飯の途中で、いかにも不味そうに茶碗を持ちそこねて落とした。冷たい目でよそい直されたご飯に、私は面倒くさげに、「別に、もうほしくない」とその場を立ったり、出会いがしらに、声だけ「ごめん」と丈晴にぶつかってその勢いのまま叩くように突き倒した。抱かれた丈晴を「かわいい」とすり寄って継母に見えないようにふくら脛(はぎ)をひねしきったり、衣服にしても何かに故意にひっかけて破ったり雨降りの日は泥んこになって乾かすのに大変な洗濯物を山のようにつくった。

黙って継母は私の後始末をしていたが……、父にいろいろ告げ口でもしていたのか、

「お前はなんでそんなだ」と、げんこつが飛んできたり、怒られたら怒られたで、プイッと横を向いたりしていた。継母からも、時々ひかえめな注意がましい叱責はあったが、汚したり破ったりしたセーラー服やスカートにしても、「別にいいよ。そのまま着るき」と、冷たい無表情をとおした。そんな学生服一つに限っても、次の朝には何もなかったようにいつもきちんとならんでいたのだった。

　困らせたいのに困ってないのや、かわいそうで父や私を拾ってやったとばかりのすました顔が癪で癪で、憎らしさは倍増する。私はどんどんエスカレートして、小学校の五年生になった頃だった。お菓子を万引きして捕まり、継母がお店に呼ばれたことがあった。継母は私を殴るような勢いで頭を押さえつけると烈しく譴責し、平謝りにあやまりつづけた。

　丈晴とおなじように、「涼子」と、声高で高圧的なよびすてになったのはそれからだった。

「私がいくら憎いにしても、困らせようとするにしても、私が言ってもあなたには何の説得力もないかも知れないけれど、世の中にはしていいことと悪いことがあります」

と、今までにない癇性あらわな声で、継母は憎まれていることは知っていると宣言したのだった。

　とてもそれは子供に教えて聞かせる声ではなかった。それが、いくら義理とはいえ子供を正して導かねばならない、崖っぷちで翻った本能的な母性であったのかどうか……、私にはわからなかった。それまで何をしても私は許されて、だけどいい人になって私に好かれようとしても無駄だった。その頃はまだ、丈晴が生まれなかったら、母は死ななくて済んだかも知れないという憎しみや恨みが私には消えることがなかったのだった。

裏庭をせっせと耕して継母はちょっとした花畑を作っていた。宮下の家に、とつぜん入ってきて一緒に住みはじめた頃からだった。

「花代もバカにならんから……」汗を拭いながら、父と話していた声があった。母や祖母のための出費など、と、惜しんだように私には聞こえてきたのだった。憎々しい目を向けていた私に見せたり聞かせるためだけだったのか……、仏壇には手間ひまかけた花が絶えることはなかったし、お鈴は毎朝私の目覚める頃にいつも鳴っていた。

短いながらお経を唱えているのだろう気配が、父でないのだけは私にはわかっていた。

「水商売上がりのあばずれだったこんな私だから、涼子のお母さんにそれは恨まれたか知れんが、遊ぶんにはもってこいの男前で、派手でのんべえで格好しいの、調子のいいあんたのお父さんのせいもあるんやでぇ。出来てしまった丈晴は一人で育てるつもりやったのに、ろくでなしは、あんたを育てるために結婚話をひきかえに持ち出してきて、認知だけでいいのに、やっぱり結婚せんでは認知しそうもなかったんよ。男気が出て私のことも心配したんだろけど、丈晴を私生児にしたくなかっただけで好きで一緒になったわけでも、小さかった涼子の世話をするために来たわけでもないんだからね。だからあんたに憎まれにきたつもりもないし、恨まれこそすれ恩を売るつもりもないし、あんたに迷惑かけとうもかけられとうもない。まっぴらだからね。金輪際涼子の世話になろうとは思わんし、母親になろうなんてこれっぽっちも思ってない」

成人した頃の私の剝き出しの嫌悪に、追い討ちをかけるように継母は憎まれ口を叩いた。振袖を着せて、それがどこまで本当なのか祝ってまでくれた継母に、そう言われるまでもなく、母の不幸は父にも原因があるのはわからないでなかった。そんな継母が、母と祖母の法要も、父の最期も三回忌も、きっちりと取り仕切ったのだった。

父のこの七回忌については継母は体調のこともあったのか不思議に一歩下がっていた。父母の兄弟も継母の姉妹も高齢で、父の七回忌に招いたのは丈晴のお嫁さんの里のお兄さん夫婦だけだった。伯父伯母たちには、これまでの感謝と現今の体調を気遣い、七回忌ともなったこの度は内々で、と、丁重に詫びてつたえた。

継母は、私と丈晴家族だけでこぢんまりと済ませたのに何も不平は言わなかった。

丈晴が結婚して、私は少し継母が見えるようになっていた。憎しみだけでなく、何もわかってくれなくてでなく、何もわかってなかったのは私の方かも知れなかったのだ。

継母が丈晴を家から出したのも、私が継母と一緒に住んでいるのも、ギクシャクした親子関係をなんらかの形に踏みとどめようと足掻いている一つの姿なのかも知れなかった。継母は私に憎まれ口を吐きながらも、私を無視したり突き放すことはしなかった。いつまでもどこまでもくどくど私に干渉してきた。いくら煩わしくても、私もぜったい逃げずに継母と衝突してきた。嫌悪といじわるのその裏側で私は多分継母をうかがっていたのだった。

子供の頃、思えば私は継母を憎しむことで繋がりを深めていたのかも知れない。「私を忘れないで、私はここにいるよ」と叫んで主張してかまってもらいたかったのかも知れなかった。母のない淋しさから母なる庇護のあたたかさを求めて、相手にされないのをこわがってためしていたのかも知れない。丈晴が、「許されない」とか「憎まれないといけない」だとか言っていたのが本当なら、そんな私に、継母は、憎まれつづけることをどういう思いで引き受けてくれていたのだろう。

継母を恨み憎みつづけることで、私は生きてきた、……のだろうか。母を忘れることもなく生かされて、私こそためされていたのかも知れなかった。

丈晴が結婚したのは父のまだ存命の頃だったが、「涼子が先だ」と、継母はなんどか父と激しく口論していたことがあった。「さっさといい人つくらんと」とか、「涼子なんかもらってくれる男やいるもんか」と、お店に夢中の私にやきもきして年頃の私を煽るように、「婚期というのをバカにしたらいかん」と口汚く追いたてられていた時期もあった。

丈晴が完全に別所帯になってから、時々ふうっと上の空の、なんだか当てがはずれた元気のなさそうなぼんやりしていた継母の姿を私は見逃してない。初めての孫が生まれてつれてきた時も、赤子に手の離せない美奈子さんから隠れたところで、継母は丈晴に、「長居してお互い疲れても」と、何か私に申し訳なさそうな淋しそうな嬉しそうな複雑な顔でぐちぐち言っていた。

それにしても丈晴家族が来ると一転して空気が違った。丈晴が訪れるというか帰ってきてくれるのは私の楽しみになっていた。


小春日和の来客のない昼下がりだった。ドアが開いて、ひょっこり現れたのがこの建屋と土地の持ち主、大家さんの田岡だったのには驚いた。

「こんにちは、涼子ちゃん、ああ、元気そうだな。安心、安心……」

もう八十にちかい歳で、それも一人で……、私は何事かと目を瞠ってしまった。年に一度はこちらからお礼の挨拶に伺っていたが、忙しい方で、そんな大家さんがお店にこられることはまずなかった。

それでも二十五年ほど前に一度だけ見えられたのは忘れてない。父の反対にちかいこのお店の開店の時、言い訳のようにちょっと継母が現れただけで、誰もそんな祝福も洒落た心遣いもしてくれなかったのに、単に大家と店子の関係なのに、桔梗の花束を抱いてわざわざお祝いに駆けつけてくれて嬉しかった記憶がある。

懐かしそうに店内を見まわしている。今日も、桔梗の花束を持っていた。花屋さんで桔梗の花を主役にした花束などに、好きなんだろな……などと、昔とおなじで頬がゆるむ。

二階の喫茶でなく、そのまま階下の円卓に腰を下ろして、

「今日は……、ここで。私ももう歳だから、涼子ちゃんにどうしても話しておきたいことがあってね。少し時間いいかな。年寄りでお店の邪魔になりそうだけど……」

私を見上げたいつにない表情に、何か大切な話のような気がしたのと、このお店がはじめられたのはこの大家さんの田岡のお蔭で、私の恩人の一人だった。建物内のリフォームはアドバイスや便宜をはかってくれ自由にさせてくれた。銀行融資の話も親身になって尽力してくれた。私は頷いて「準備中」の札をドアの外に出し、カーテンを閉めた。

「お父さんが亡くなってもう六年か。もういいか、と小父さん思った。これ、桔梗の花。お店のどこかに飾って……」

私はコーヒーを淹れてきて、桔梗の花束をうけとると胸に抱いた。父や母の年代で、お世話になるばかりの交流なのに、気安く「小父さん」と呼ばせてもらえ、「涼子ちゃん」と呼んでくれるようになったのは田岡の人柄からだろう。

その田岡が、私に何を話したいことがあるのか……。毎年の借地建物料は滞りないがこんな好条件の場所、いくら面積がもう一つといっても、私以上は当然のことといくら出してでも借りたい人はいるだろう。そろそろ契約をやめようとでも……。ちょっと私は不安になってきた。小さな円卓を挟んで、私は緊張して腰を下ろした。

「こうやって涼子ちゃん見ていると、やっぱりお母さんの結子さん思い出すねぇ。毎年来てくれて私もいない時が多かったけど、それでも涼子ちゃんとはいろいろ話もしたねぇ。いつも思ってた。生きていれば、お母さんこうだったんだろなぁ、って……」

「えっ」と、もう一度私は驚いた。父や母のことを田岡が口にするのは初めてだった。父や母を知っていたのだろうか……。

「涼子ちゃんが、この古びた小さな建物を、お店にしたいので是非使わせてくださいって来た時、小父さん、お母さんの結子さんが生き返ってきたんじゃないかと本当に驚いた。小父さん、小さい頃からのお母さん知ってたから、涼子ちゃんの子供時代もそうなんだろうと思って、なんだか懐かしくなってね。涼子ちゃんが、五つか六つの時かな、小父さん見かけたのは。お母さん、だけどあの年頃で止まってしまって……」

「母を、ご存じだったのですか」

「お父さんお母さんとは、同級生だよ。知らなかった」

「はい……」

そんな話は、私は聞いたことがなかった。父は何も言わなかった……。

私が貸し物件のこの家を見つけ、父と継母に、私の自立したい夢を「だめでもともと」で話したのだった。反対もされなかったので、私は不動産事務所で計画どおり、契約の話もその後の改装を説明したり助言を得たり了承をもらってくれたり、とんとん拍子で順調に進んでいた。ところが書類が揃った頃、父が臍をまげてぶつぶつ言いはじめたのだった。「たかが二十歳過ぎの小娘一人で、そんな商売お前にできるか」とか、「運転資金も考えねばならんのに、もっと他の仕事を探せ」とか、取りつく島がなくなってしまった。

不動産事務所では、保証人のサインがないでは、と、その後の進展が止まってしまった。

そんな時、どういう風の吹きまわしか、継母が、保証人の父の後見がなくても、「涼子だけの力でできるんかどうか直接当たってみたら。あんなに言ってるが心配やけん父さん。でも、他に何をどうするんにしても、夢が叶うかどうか、涼子の、まずの話はそれからやけんに……」とか、又々後日には、「若い涼子の熱意が伝われば、あの大家さんならわかってくれて、力になってくれそうな人のよさそうな気がするきん」

いつものキリキリした声でなく、他人事のような気のなさそうな継母の言い方だった。それでも何か背中を押されたようで、私は直接田岡を訪ねたのだった。

「お母さんから、お父さんとのことで、相談を受けていたのは小父さんなんだ」

田岡は、私の目を真っ直ぐ見つめてきた。思いがけない話で、私は緊張してきてゴクッと唾を呑んだ。

「どこから話そうかぁ……。お父さんに何か言ってもらえるのは、幼なじみで、行政書士という仕事柄か、民生委員していた小父さん思い出したんでないかな。小父さんしか、お母さん思いつかなかったんだと思う。涼子ちゃんがどこまでわかってるのか知らないけど、だけどこれはあくまで小父さん側からの話だから……。お父さんのためにも、お母さんのためにも、それに新しいお母さんのためにも、涼子ちゃんに知っていてもらわないと、小父さん一人でお墓に持ってゆくのは忍びなくてね。多分いろいろ苦しんだと思う、涼子ちゃんのためにも……」

父の豹変した反対は、書類の田岡の名前を見てからのこれだったのか、と、……思った。

田岡は母の相談をうけて、……悩んだ。父への諫言(かんげん)は、母をますます窮地に追いやるかも知れなかった。そこでまず、田岡は交遊相手の継母と話しあうことにした。すると認知さえしてくれたら、何も言わずに継母は消えると田岡に約束したのだった。

「涼子ちゃんを見るのが、自分を見るようでこわかったと言っていたかなぁ……」

まさか、あの継母が、まさか……、それなのに、なんで……と、私は混乱してくる。

田岡は若い頃、母に好意を持っていて、父も母もそれは知っていたと言う。母は何があっても父を信頼すべきで、相談したのはまちがっていたと後悔したらしい。父への諫言を撤回することになって、母は力になってほしいと依頼までしたのに、それを進めてもくれているのに翻ることになって自分が情けなくなって謝りにも来たと言った。そして、人の目口は敏感で無責任で、ますます母は悪びれて窮地に、……。

田岡は、ふうっと天井を、遠くを見る仕ぐさになった。「……結子さんの変わってしまった姿、かわいそうで悲しくて見ていられなかった」昔を思い出したのか目を潤ませている。

「おんどれ、丈芳よう、きさまって奴はー。オレはお前がぜったい許せん。こんなことになるんだったんなら、結子さん、相談した自分が浅はかだったからと言ったが、おんどれきさまは何やっててんだとオレ乗り込んできたらよかった。きさまがそうだからって、結子さんをそんな目で見たお前はぜったい許せん。若い頃のまんま特別な人だとずうーっと大事にしてたら、ぜったいあんな事故に遭うことも、ぜったいあんな死ぬこともなかったんだぞー」

四十九日も過ぎた頃の玄関で、傷心とはいえ父も激昂して疑心暗鬼や憤慨が爆発して殴りあいの大喧嘩になったと言った。私には男の人の喧嘩がどんなものかわからなかったが、父が仏壇に手を合わすようになったのはそれからだろう……。

「羨ましいくらい美男美女のお似合いだったからねぇ」

と、田岡は、面映ゆそうな静かな口調になった。目というか顔をゴシゴシ両の手の平でこすり、我に返ったように話題をかえたのだった。

「お母さん誰にもやさしくてきれいで、お父さん精悍で格好よかったからね。この小父さんなんか、お母さんには目じゃなかった。だけど小父さんにしたら、お母さんにしても新しいお母さんの真実子(まみこ)さんにしても、何であんなお父さんに惚れるかねぇって、不思議でね、ねたましいくらいだったよ。いかん、いかん、こんなお父さんの悪口、涼子ちゃんにはきついか。そうだよな、これは小父さんのひがみで、お父さんもお母さんも、真実子さんも、本心で好きあっていたのは確かだからね。二人の女性に愛されて愛して、お父さんしあわせな人だよ。そんなお父さんが誤解したくらいだから、相手が誰だかわからなかったにしても、涼子ちゃんも……。でも、ぜったい、ぜったいお母さんそんな人じゃない。お母さんの相手に、光栄にも誤解された小父さんにはお母さんは雲の上の初恋の人だったからねぇ。憧れの人だったからね、そんな夢の壊れるようなことにはならない。お母さんの名誉のためにも、これははっきりしておきたい」

「私は……、あの頃、どこにもいなかった、みたい、で……」なんだかちぐはぐな別なところで私は悲しくなってきた。田岡はあわてたように、

「えっ。そうじゃない、そうじゃないよ。自分のことばっかりで、何言ってんだろ私は。そ

う……、そうじゃない。涼子ちゃんが、生まれたことが、お父さんお母さんの最高の愛情だよ。お母さんの涼子ちゃんへの愛情は、涼子ちゃんを産んだこと、涼子ちゃんが生まれたこと。涼子ちゃんのためにお父さん諫めようとお母さん喧嘩したかも知れないけれど、お父さんもお母さんも涼子ちゃんと生きてたから。結子さんのお子さんの涼子ちゃんの夢を、小父さんも手助けできることになって、それは、ぜったい、ぜったい涼子ちゃんはしあわせになってくれないと……」

長い沈黙があって、その後田岡が話してくれたのは、継母のことだった。

田岡は、今日は持ってこなかったが、毎年の賃貸料は「結」代表宮下涼子の名前で積み立てていると言った。父の反対の後、田岡を訪れた継母が、「涼子の夢だから、あの子を残して亡くなった母親の夢にもなるから、どうか叶えてやってほしい」と懇願したと言う。そして「できるものならあの子の自由になるよう購入したい」というので、田岡はそうしていると言った。

「どこにそんなお金が……」

私は驚くより、どうなっているのかわけがわからなくなっていた。

「結子さんの生命保険や事故の賠償保険金があるからと言っていた。涼子ちゃんのお母さんのいのちとひきかえのお金、お父さんに任せてたら無くなると思ったらしいよ。それがあるばっかりに、お父さんのことだから涼子ちゃんがどうかならないか、お母さんの心配にも思えたって。だから家に入ったって。真実子さん、ぜったい他のことで使うわけにはいかない涼子のものだから、でも、半分は後々のために残しておいてやりたい、……で、分割した借債分毎月持ってきて、お父さん元気だった頃に済んでるからね。真実子さんいろいろ勤め先も変わったらしいけど、固定資産税なんかも持ってきてくれていたから……。積み立てに余裕ができてからは、それはそこからさせてもらってる。小父さん、そういう手続きや事後管理頼まれてこれまでやってきた。涼子ちゃんの知らない話がいくつもあって、真実子さんも病んでるようだし、小父さんもそう長くはないかも知れないからね。ぜんぶ涼子ちゃんに渡さなければならない日も、もう遠くなさそうで、呆けて忘れる前に、真実子さんが先か、私が先か、とにかくぜんぶ話しておいた方がと、今日は天気も好いしそれで出てきた」

そして、そうそう……と、思い出したように、「真実子さん、小さい頃から家庭が複雑で辛い目にあってたらしいよ。涼子ちゃん一人でがんばってたからそんな姿見てたかったのか、見て言えなかったのか、……」田岡はしんみりと言った。

「歓楽街の一夜のあやまちにしても、好きな人の子供ができて、自分に重なって認知に拘ったばかりに結子さんを苦しめ、交通事故だなんて。結子さんは死んでしまって、それなのに結婚など考えもしなかったこんな私に家族や家庭ができて、だから、……だけど、あの子を心配して託されて、頼まれて、と、……思いたかった。結子さんに安心してほしくて、許されたくて……」と、涙ぐんでいたというのだった。

私は大きな斧でとつぜん頭を一撃されたように思った。スーッと寒くなってきた。

「それはそうと、涼子ちゃん知ってたかな、お母さんの好きな花」

「えっ……」と、混乱した頭で桔梗を見た。子供の頃、花瓶に花は時々飾られていたが、それが桔梗だったのかどうかの記憶はなかった。

「この桔梗……、ですか」

「結子さん秋の生まれで、誠実、清楚、やさしい愛情、変わらぬ心、小父さんには花言葉以上に心のきれいな美しい人だったよ。涼子ちゃんに会うので、もうだめかなと思ったけどあったから買ってきた」

「私も、母とおなじ十月生まれ……」

「そうだったね、今日は丁度よかった……」

田岡は立ち上がると、「一度、近いうちにお宅を訪ねるよ。涼子ちゃんに話してしまったこと、真実子さんにも会って、わかってもらわねばならんけん」と、帰っていった。

田岡を送り出したまま、私は呆然となっていた。そして、裏庭の花畑に、桔梗の花が咲いていたのを思い出していた。最初の頃の記憶はないが、多分継母が田岡と会ってからいろいろ話が出てきてからのことだろう。継母が汗をふきふき畑を耕していた姿が見えてくる。それからの継母は、毎年毎年母の好きな花を仏壇に飾って母を迎えていた……。

しばらく外に出れなくて継母は庭を気にしていたが、桔梗の花が咲くのを待っていたのだろうか。仏壇に飾る日のくるのを……。ふと、継母が私を叱責したりなじったり、父や私に苛立っていろいろぶつけてきた言葉が蘇ってきた。

「私はあんたのお母さんのような『ヤワ』じゃないからね。どうせ私は『スレッカラシ』だからね。父さんにだって、ぜったい、負けてなんかいられないけん」

亡くなった母の立居はやさしくて、いつも『ほんわか』していた。父や私が転げそうになっても「大丈夫」と笑顔でささえにきた。継母は違った。「もうっ」と、顔色変えてすっ飛んできた。

「お母さんがあんたの一番大事な時にいてくれたのは間違いないきん。お母さんがいなかったらあんたの性根ないきん。後は、私のような『まま母』でも大きくなってくれたけん」

あの時……、私への烈しい譴責と、私の頭を押さえて一緒に謝ってくれた帰り、激昂していた継母がとつぜん黙って私をうしろから抱きしめた。抱きしめられて、安心したのに不安だった。どういう思いで私を抱きしめたのか、冷たく反撥して振り仰いで顔を見たかったが、見ることができなかった。涙が出てきたのを私は見せたくなかった。

継母に抱かれたのは後にも先にもそれ一度きりだった。だから忘れるわけはなかった。継母は泣いていたのか、からだがふるえていたのははっきり私は覚えている。

「事実ありのままの本当のこと言ったらだめなんよ。喧嘩になったらまだマシで、喧嘩にならなかっても、嫌味や皮肉になるけん、陰で悪者にされてしまうけん。だけど嘘をついてえと言ってるんじゃないきん……」私は、込み上げてくるものを抑えながらお店を早仕舞いして、母にも思えた母の好きな桔梗の花を仏壇に飾ろうと夕やけの道を急いでいた。
三、四歳の頃だったろうか、「ただいま」と、私が遊びから帰ると、なんだか驚いてあわてたような母が笑顔で迎えてくれたのを思い出した。「涼子、誰が教えたんでもないのに挨拶ができるようになったんよ」仕事から帰った父に報告していた。
母と祖母が、その時、「おかえり」と飛び上がって嬉しそうに喜んでくれたのだった。

車を降りて、玄関に立った。金色の夕日に照らされていた。

唯子はいつも明日を見ていた。私は、ふりかえり、ふりかえり……そうだ、「またあした」の日丈晴家族が訪れたら、「こんにちは」や「こんばんは」ではなく、「ただいま」と私は言わすことに決めた。丈晴に、「おかえり」と、笑顔で私は迎えてやろうと思った。

「ただいま」

玄関をあけた。長い間、思えば声に出したことのなかった言葉だった。「えっ」ちょっと間があって、

「……おかえり」懐かしいとまどうような声がして、私はホロッとなった。

霹靂神（ハタタガミ）

寺本　親平

〈著者紹介〉

寺本 親平（てらもと・しんぺい）

昭和十八年四月四日金沢生まれ。

著書

『短か夜』

『フェイド・アウト』など。

途中から霧雨がふってきて寒くなった。

桜がおわり、残雪もきえた、山菜の季節の山行きである。神谷内(かみやち)の葵(あおい)団地の端から、葛折りの林道へ入っていく。舗装がほどこされている間の両側は、すでに竹林も手入れされていて明るく、人の気配の名残が感じられた。

じきにさほど高くはない山の頂あたりに着く。そこから左折してゆるやかにまがりくねる脇道へ入っていく。

所々ぬかるむ山道をすすむうち、いかにも茶毘に付する焼場だったとおもわせる跡があり、その先には畑があった。そこの広く草刈りされた空間に車を駐め、あとは歩きである。爺谷(じじだに)・婆谷(ばばだに)へとむかう道はかろうじて轍の跡がうかがえるものの、落葉の下は湿ってゆるんでいる。からだをかしがせて慎重に歩をすすめるが、ときおりずるずるっとすべる。

どうにか体勢をたもってくだりになったさきのほうに眼をやると、枯れた杉の倒木が真横に道をふさいでいるのが見えた。かなりの太さだった。本来なら竹切用の小型チェーンソーで伐れる代物ではなかった。だが樹皮から深く腐っていたのが幸いした。

「おん、あぼきゃ、べいろしゃのぅ、まか、ぼだら、まに、はんどま、じんばら、はらばりたや、うん」

光明真言を唱えて山霊への挨拶とし、倒木の幽かなのこり香に敬意を表す。

二度、三度、紐をひけば、かろやかに文明の利器の爆音が山間にひびきわたった。

倒木の道幅分だけおとさせてもらったのだが、芯の部分がわずかに痛がって唸ったようだった。まさに結界となっていた倒木にあいた隙間に手刀を切り、礼をつくしてとおらせてもらった。

小雨はあがりはじめ、山気が肺腑を清々しくあらってくれる気がした。

「四、五年前までゃ、たまに年寄りが手入れにはいっとったが、今じゃ誰もこんでなぁ」

そうつぶやく声らしきものがきこえてきたほうへ眼をやれば、前方の竹の道にうずくまっている、小猿ほどの老婆のすがたが目にとまった。

「お婆、おまさん、一人でこらしたがか」

「おいの、こん婆ぐらいしかこんとこいの。この辺から奥にぁ、だあれも入らんし、若いもんらっちゃ、もう山へなんぞはこらっしゃらんさけのぉ」

ふりむきざま、頭の手拭いをはずした老婆の目鼻がたちまち淡くなっていき、苔むしくずれかけた道祖神の片われと見紛うばかりだった。かすれた声が風音にまじり、寂しさだけがいたく耳の奥にしみてくるのだった。

杉の植林をし、田畑を開墾し、出作り小屋を建てた昔は、おそらく竹などこれほど多くはなかっただろう。人の手が入らなくなると、竹はその獰猛ともいえる悪童ぶりをむきだしにし、地下茎を縦横無尽にはびこらせるのだ。

いつしか天におっ立つ竹の屏風があちこちにそびえる。

道の両側斜面には竹にはさまれ、肩をすぼめて窮屈そうに立っている樹木が、軒を貸すともいわぬのに母屋をとられたいわんばかりのすねた枝ぶりをしているのが可笑しかった。竹林はたえず音を立てている。

何ものかが居て、ちくいち見られているような気になる。ふきわたる風が生きもののけはいをかもしだすのかもしれない。

だが今、背後にせまるのはそれとはちがう。

ふりむきざま、よほどのものを見た。おもわず手にしたチェーンソーを山刀のように構えていた。

優に六尺はこえている。その魁偉さに面くらった。背丈一六〇センチにも満たぬ男としては、ただ見あげるしかなかった。

ふっとあまやかな汗の匂いが立った。それで女と知れた。ふくよかな大女だった。つっ立っていた。背には竹で編んだ巨大な籠を負うている。左手には薙刀と見まごうばかりの山刀をさげている。地下足袋には荒縄がまきつけてある。

赤毛の硬くてふといザンバラ髪は豪猪をおもわせた。前髪で目鼻だちはわからないが、ややぼってりした唇が体軀に似あっている。

左の口尻に片笑窪がうき、たれた髪の隙から青白くひかる目がこちらの手もとをうかごうている様子だった。

「やくたいもない」

幽かに、そうきこえた気がした。

藍のあせた仕事着をまとった大女が籠を一ゆすりし、ぐいとせまってきた。

その拍子にゆさりと山気がうごいた。おもわず身をそらして脇へしりぞいていた。

眼の前を巨体が空気をゆすってとおりすぎ、坂道をくだっていく。

啞然として見おろせば、籠のなかの赤児が見てとれた。産毛の頭髪がやはり赤っぽい。

御包みいっぱいにえがかれた稚児人形にかこまれ、女の足腰の律動にあわせて赤児の首がふらふらゆれている。

「あぁ、おいらの子も、もうすんに産まれるなぁ」とつぶやいていた。

いっせいにあたりの竹林が鳴った。

竹林の葉の鳴る音が時空を密にし、こちらもこちらが見たものも、重なりあう孟宗の林にのみこまれていった。額からふきだして顔面へしたたる汗に気づいた時、はっと我にかえった。必死に水底をけり、どうにか水面に浮上した心地になった。一足ひとあし踵と足さきでふんばりつつ、わずかにのこる昔の杣道をたどれば、竹林が波うちはじめた。

それにつれて臥龍なる山はぬめった蛇腹をくねらせ背をそらし、鱗をうちならし地脈となった地下茎を小おどりさせ、谷の沢へとなだれおちていく。その地滑りにまきこまれたかのごとく、爺谷の窪地へはこばれた瞬間、心底ほっとし、霊気のようなものを感じた。

家族の者が手入れしなくなって久しい爺谷は無残に荒れていた。

四方の斜面から折れてしなだれた竹がおおいかぶさり、底の平地をうめた竹とからんで空を暗くしていた。畑地だった面影はうすく、血の筋をおもいえがくしかない、四、五代前の家人の翳が偲ばれるだけである。

去年たおれた竹とそれまで年毎に折れてかさなってきた竹は、その色合いと本数で冬毎の様を知らしめる。緑の膚をさかれた竹の数が、今年の雪の多さを教えてくれた。

地相のあらかたを、何年も前から腐ってちぎれた黒褐色の残骸がおおっている。その上に灰色から褐色へと移ろう朽ちた竹の骨が層をなしている。まだ形をのこしている茶色の太竹に腰をおろし、荒れた息をととのえる。

山の景にのみこまれていた気が、ようやく五体にもどってくる感じがするなか、静かに掌をあわせて般若心経を唱える。先祖の霊にとどけとばかり、ぎゃていぎゃていと唱えきった。心新たに、チェーンソーを手にする。

まずなだめるように紐をひき、それから何度かひいていくと、ぶりぶりぶりっと勢いよくかかった。やれやれとおもった瞬間、ぷすぷすぷすっと音がかき消えてしまった。

それからどれだけひっぱってみても、チョークを加減してみても、かろやかな唸り音がひびくことはなかった。それでも間をおいてはあきらめずに根気よく挑戦するが同じことだった。オイルもガソリンも十分入れてきてあるのに、買ったばかりの新品がいっこうにいうことを利かない。しまいには腹が立ってきて力まかせに何度も紐をひっぱった。はては紐がちぎれてしまった。

この窪地を整備して先祖の霊に挨拶すべく、仕事はじめと意気ごんだのだが、チェーンソーが使えなければ手のほどこしようがない。煮えくりかえる怒気をおさめんと、チェーンソーを足げりにしようとしたが、おもいとどまった。それで足に怪我をすれば泣くになけないことになる。肝心な時に無用の長物となった機械を見おろしながら、「ご先祖様のご意向か」と苦笑するしかなかった。

小さな鋸や山刀で始末のつく状態ではないが、それで少しでも片づけるしかないと、腹をくくった。親爺が目立てしてのこしていってくれた短い鋸は意外に優れ物だったが、手にした青竹はしぶとく刃に逆らい、茶竹はたよりなく、白竹はむなしく掌にひびいた。

その落差に一本切るたび微妙に呼吸をととのえても、衰えている腕の力はじきに利き腕の痺れとなって現れることになった。それでも腕をふりふり、ほどよく休めては切りつづけた。額から大粒の汗がしたたりやまず、腰が痛みはじめた。

しゃがんで膝をつき、雫のたれる丸首のシャツをぬいでしぼった。ぜいぜい喘ぎながらもたおれた竹にむかって格闘した。

時刻を見ようとしたが、左手首に腕時計はなかった。

二時間ばかりがんばったのだろうか、目がまわり前身が悲鳴をあげてたおれこんだ。そのとき人の声のようなものがきこえた。四つんばいになり、恐るおそる四方を見まわした。

だが人影などはなく、息をひそめ耳をそばだてたが、竹の鳴る音しかしない。

「空耳か……」とつぶやいて鋸をかざせば、自分の右の掌がくっきりと柄の跡のくびれにおさまっていた。その下に父の手形があり、祖父の手形がかくれているのだった。

風がしだいに汗をひかせていった。山の風には色と形がある。色は墨色をした極彩色となり、形は色をのんで夢幻の変容をなす。而して風の山がうまれる。

獣道とまじわる人のかよう道は風の道に沿う。野生の蘭は人に見られて色と容を変異させる。風の山には風の道が縦横無尽にはりめぐらされている。竹をすかしてみるしかない。

一度口の渇きをおぼえると、たちまち激烈な乾きが喉の奥まで浸潤した。唾をのめばよけいに乾きがつのった。飲物を何一つ用意してこなかった。

子供のころに喉を潤した、龍穴の岩清水の記憶があったからである。今もあるかどうかわからぬそれを捜すのも、もううろ覚えの谷筋をおりていって、「水神」の二文字が掘られた大岩におちかかる滝のほとりへでるのも、覚束なさにおいては同等である。

「これじゃ、婆谷のほうはどうなっとることやら……」とひどく気になってきた。

とりあえずは爺谷の整理は途中にして斜面をはいあがり、女が行った奥のほうへむかって歩く。

山が少しずつ動いていた。

しばらくの間に吸う空気が喉の粘膜をかさつかせ、からだの内側へむかって水分が蒸発していく錯覚をおぼえた。首にまいたタオルをしぼるたびに脚がぐらつき、天へむかってのびている竹の壁が、頭上からさがっている垂幕に見えてくる。盛りあがりくぼみねじれるにつれ、山の膚は染みか瘡(かさ)のような人の足跡を偲ばせた。

雪渓がのこる標高でもなし、山襞の翳にもくぼんだ境目にも溜まり水はなかった。沢へでるほうも北のほうの塚崎へでる山道も判然とせず、いつしかまわりの竹がわらいだし、ぐるんぐるんと回転しはじめた。からだの芯がぶれ、足は蹌踉、夢遊病者のごとくなりはてていた。もう幼いころの見知っていた山の景は夢のなかのものでしかなかった。

それでも意識の奥で何かが灯っていた。仄かに匂う風のなかの女の薫りが、先刻出会ったその女のあとをたどらせていた。

風の道は碁盤の目になった通りと同じだ。わけいれば、常ならぬ不可視の絵図となって方向感覚を狂わせる。

竹を観ず、樹を観ず、山を観ず、竹の葉の澄んだひびきに誘われていく。

気づけば、竹の音が変わっていた。あれほど凄まじかった喉の渇きがうすれていた。からだの中心が竹にならって筒状になり、風音が脳天へとふきあがった。

今度もいきなりだった。眼下に明るい空間が見おろせる場所にきていた。懐かしさがこみあげてきた。様変わりした景色ながら、婆谷だと直覚した。

竹は爺谷の状態とは異なり、もはやことごとく切りたおされようとしているところだった。女があの長大な山刀を右に左にもちかえとっかえふりまわし、次からつぎへと竹をなぎたおすように切りはらっているのだった。

女の全身が回転しているかに見えた。総身に寒気とも怖気ともしれぬ震えがはしった。

とても人間業とはおもえなかった。まして女がふるう強力とは信じがたかった。風貌風体はまさに異形なる、山の神そのものを顕しているようにしか見えなかった。

息をのみ身をひそめ、魅入られている者の眼など何のこともない。

切られたおされながらもたがいに上空で枝葉をからませ、たわんでいる竹がまだあちこち筋雲状にゆれている。

女はひとしきり切るとそれらの竹をひきずりおろし、今度は山刀で斜めから一ふりで、もてる長さに切断したあと、窪地の端へはこんでかるがると積みあげていく。そうした一連の動きに無駄はなく、疲労の兆しもない。

時間がとまっていた。停止したままの時間のなかで、眼前の景色がひらかれていった。すっかり明るくなった空間が山嶺へとあけられた方角から、新しい風がふきこんできた。その風にのって幽かに瀬音がきこえた。窪地をめぐった風は三方の斜面にそびえたつ竹の群れをはいあがって葉を鳴らした。斜めの生々しい切り口が風切音を奏でている。

女が切った何本かの竹の上に腰がおちこんだ瞬間、ざくっざくっと罅割れの音が鳴った。ふっと息をつき、タオルで顔をふき目をあけると、正面に女の顔があった。

ふっくらとした頰の間にややせりだした形のよい鼻梁があり、その上方に二重の澄んだ青く円い目がならんでいる。異国の女神を彷彿とさせた。

女がちらりと視線をなげかけてきた。おもわず身がすくんだ。一呼吸おいてそっとうかがうと、こちらのほうを見もしなかったというふうに、籠を背負いなおし腰をそらした。

水音のしそうなほうへ下っていく女の籠のなかには、首をたれた赤児が眠っていた。そのまわりには黄色い先っぽの筍が何本も並んでいるのが見えた。

たちまち女の姿が霞んで、山容にとけいりかききえていた。

昔年の婆谷にかえった窪地へすべりおり、すっかり見晴らしがきくようになっていてほっとした。かつての作業する家人たちのかけ声やわらい声がきこえてくる気がする。

「ここへ小屋を建て、出作りに来てはご先祖さんらちがんばらしたがやなぁ」とついひとりごちていた。

女がきえていった所から、斜面を蛇行しながらくだっていく小道がつづいており、遠くに小屋らしきものが見えた。

急いでおりていってみると、小屋は竹で三角錐の形にくみたてられていた。

まわりに低い竹垣をめぐらし、四方に杉の細い木が三本うわっている。往古に神霊の宿った場を、女が今ここにあらたまってそなえ祀ったものだろうか。

なかに何が祀られているのかと、入口にとりつけられてある萱の戸のわずかな隙間から、そっとなかをのぞきこんだ。

洩れくる明かりにうかんできたのは、台座のような物の上に仰むけに寝かされている人影らしきものだった。

音を立てないように戸をそっとあけ、忍び足でなかへはいっていった。近づいて見て一瞬、ミイラかとおもったが、そのあとすぐに遺体だとおもった。ところが、うす明かりになれてきた目にうかんできたのは、頬がそげ眼孔のくぼんだ老人の顔だった。

ミイラでも亡骸でもなく、老いさらばえてはいるが、まだかすかに息のあるらしい老爺と見えた。わずかに細い息遣いがきこえ、こちらの固まっていた肩胛骨がゆるんだ。かけられたうすい蒲団の下の肋骨がういた胸と、骨と皮だけの太股と、その間になえてうまったものが透視され、色あせてへたった銘仙の花柄が過ぎた暮しの翳を侘しげにひろげていた。その掛蒲団の端から乾いた棒状の腕がたれ、左手があらわになっていた。

今にも五指が不ぞろいに波うち、こちらを手招きそうな気配だった。

「豪坊(タケ)か……」

老爺の嗄れ声が意外とはっきりきこえた。

肝がつぶれそうになった。夢かとぞおもう、なつかしい祖父の声だった。まさに血脈が地縁とつながった瞬間である。

「お爺かぁ」と叫んでいた。

祖父の手をとり、「お爺、お爺、お爺……」と呼びつづけた。

「そうじゃ、お前もここへ来たがか。そうかそうか」

「よう生きとらした、嬉っしゃ、嬉っしゃ」

小さくうなずく祖父の頬を、一筋の涙が干からびた皺に沿うてつたった。

「さぁ、家（うち）に帰るまいか、おいらが背負うていってやるさかいに」

「否、それはならん、人は生まるる処にて死ぬるが重畳」

祖父は曾祖母が出作りに来ている時に、ここで産まれたときいてはいた。

「そんなこといわずに、俺に任いてくたんし」

「肝心なことはお前が戻れるかどうかや。これから夜が明けるまでに爺谷へ戻って竹の始末をつけにゃならん。幸いもうすんに満月がのぼるさけ、月明かりをたよりにがんばれ」

「そりゃ、むりな話やとこと」

「無理やないっ。やりとげて、おまんは霹靂神になるんじゃや。何としてもなるんじゃや。そうでないと、おまんもわしみたいに成仏できん身になってしもうぞ。早ぅ、行けっ、早ぅ行かんかい」

その叱責で、祖父の生前がよみがえってきた。

気むずかし屋の祖父はおのずから人の好き嫌いもはげしく、麺類と将棋盤を眼にした時以外はにこりともしなかったが、姉と妹にはさまれた男の孫にだけは人が変わったように優しく、近在の村から太り肉のおかめ顔の祖母の所へ養子に入り、できた長男を朔太郎と名づけた祖父はその長男を一度たりとも抱かず、自分の叔父と情を通じていた祖母の過去を知っていたようで、我が家の前をはしる汽車の線路のむこう側へひきずっていき、しつこく何度も、「お前はわしの子でない」といって棄てにいったといわれており、朔太郎の心の中を知るよしもないこちとらとしては、若いうちに家をでた朔太郎伯父がなんで事あるごとに家督をついだ弟である我が父や母をいびり意地悪をするのか理解できず、母のことを、「みっともない、猿みたいなチビ女郎がっ」といつものののしるのを耳にするにつけ、こちらも憎しみだけがつのるばかりで、伯父が死ぬすこし前に、「おまんも自分の代で何事も始末をつけんなんぞ」といった時、「何をぬかす、くそったれ」と臍をかんだものだか、今となれば、北海道へ出奔したという祖母の叔父は祖母の深情けから逃げたのかもしれず、それでもずっとその叔父を慕いつづけて仏壇に掌をあわせて愛しい人の名を呼んでいたという祖母も哀れで、人の世の因果がめぐるはこれ必定、恨み辛みはあの世へもちこさぬが肝心ではあろう。

きえほそりゆく老爺の声に来し方をかさね、ふり返りふりかえりもと来た夜道をはしった。中天にのぼってきた望月に照らされ、爺谷までこけつまろびつもどり、死に物ぐるいで鋸をひき山刀をふるってひたすら竹とむきあっていた。耳もとで、「霹靂神、霹靂神」とさけぶ祖父の声が鳴りひびき、やがて何もかもわからなくなっていった。

　もうろうとした意識のなか、からだがゆらゆら揺らいで心地よい気もする。やがて徐々に意識がはっきりしてきた。夜風になびく赤いちぢれた髪の毛が盆の窪のあたりをなでさすっているのがわかった。

「あぁ、あの大女だ」と気づいたとたん、赤児のかわりに女の背負子に後ろむきにのせられているのを悟った。それは自分が爺谷の始末をしきれずに気をうしなってしまったからに違いないとおもった。残念とおもう気持ちとともに、心地よくゆられながら、どこかほっとしている自分がいるのと同時に、こちらのことなど気にもとめているふうもなかった女が、どうして爺谷までこちらの様子を見にきてくれたのかが、急に気になりだして不安がつのっていった。

「並の男の手じゃどうしたかて、わてのようにはいかんて。腐らんでもいいわいね」

なぐさめようとしているともおもえぬが、巨体に似あわぬ甘やかな女らしい声がささやいた。

「左の足首を捻挫しとるし、それに右腕が肩からはずれてのびてしもうて、肘も手首も傷めとるとこいね。家(うち)んちでしばらく養生していくこっちゃ」

この上はどうしたところで、女のいいなりになるしかなかった。

夜が白みはじめてきた。

靄がでてきてあたり一面うす紫色に染まっている。女は何のためらいもなく、前方へひらけていく斜面の道を歩いていくようである。どれくらい揺られゆられて右折れ左おれしたかしれぬが、うとうとしているうちに平たい所へでたらしく、ふっと目をあければ、墓石の跡らしいものとそれほど古くはない板卒塔婆の群れが目に入ってきた。

女は、「この景色をこそじっくり観ておけ」とでもいうふうに、それらの間をゆっくりとまわった。

表には梵字が記されており、なかには裏に、「百丈竿頭進一歩退一歩」とか、「一箭過西天」とか認められているものなどもあった。

ここに地表から姿をくらまし、残余の骨は地中に埋まり、はがれた影はその骨を慕い、しばし梵字と禅語録の一節に情けを乞うているといった景色であろうか。

女は背負子を一ゆすりしてから、ふたたびすたすたと歩きだした。やがて杉木立の青々としたつらなりが両側にあらわれてくると、行く手にうっすらと靄におおわれた池が見えてきた。大きな柳の樹が一本だけ水辺に植わっており、小さな葉を無数に付けた夥しい数の枝がたれさがっていた。無風の池面はしずまりかえっている。

その池の手前に家屋が見えてきた。

女が家の前で背負子からおろしてくれた。

こんな所にこんな池とこんな一軒屋があっただろうかと、あらためて建物を見あげれば、どっしりした萱葺きの古民家である。婆谷での女の仕事ぶりを目のあたりにしているので、この家を女一人で建てたことは、疑う余地がないほどたしかなことにおもわれた。

表戸がひらいた。九十度におれまがった小柄な老婆が、両手を腰のうしろに組んで顔をだした。あげた顔に見覚えがあった。

はっとした。

途中で言葉をかわした、あのお婆だった。

「さぁさぁ、早う入らっし、入って、馬油を塗ってもらいまっしの」

かすれぎみだが、柔らかな人なつっこい語調だった。うながされるままに土間へ足をふみいれると、女が板の間にきってある炉端にすわって手招いている。手には半分にわってまげた太竹とまいた細幅の麻布をもっている。魅入られたようにあがって傍へいくと、傷めた箇所へ脂をぬり、ぷらんぷらんになった右手に竹をそえてくれた。包帯がわりの麻布でぐるぐるまきにされた右腕は首から胸元へつりさげられた。足首も踵から脹ら脛へかけて同じような処置をしてくれた。

「しばらくこうしとらっし」

「あんがとう」と叱られた子供のようにうなだれて礼をのべるより仕方なかった。

「腹減らしたろう」

お婆が板の間のむこうの長暖簾をわけて膳を両手にあらわれた。女が粗朶を折り薪をくべ、たちまち白煙のなかから炎があがった。

「寒かろう、ここで火にあたって喰うたらいいちゃ」と前におかれた黒い膳には、金銀の蒔絵がほどこされた輪島塗らしいお椀が並んでいる。加えて女が大皿にのせた岩魚の塩焼きや鯉の洗いや自然薯の摺りおろしたものをはこんできた。椀の蓋をあけながら、「この煮染めを食べると五十年は長生きできまっそ」とこちらをふりかえった。瞳が紫がかった黒で、和やかな笑顔が外にいた時とは別人のようだった。いくらか気持ちがおちつき、左手にやはり黒塗りの箸をもって恐るおそる、まずは鯉の洗いをつまむ。すきとおったうすいピンク色の切り身を口にもっていくと、舌に吸いつきそうで、あまりの美味に目をつむっていた。岩魚の塩焼きはこれまで口にしたどこのものよりほっこりと舌にしみた。しばらく間をおいて煮染めに口をつける。

真っ白な筍と豆腐、薊の茎と水にもどした鰊の干物、太い薇、とろとろに柔らかな蕨、ぴりっと辛く甘い山葵の葉、それらの旨さに舌がまいあがった。あとは独活やタラの芽や漉油の天麩羅などが囲炉裏の縁にずらりと食される順番を待っている。それぞれ違った味わい深さに、我を忘れてむさぼり喰っていた。

気づけば、女が麦飯に薯蕷を山盛りにし、さらに卵を割って山椒の粉を一つまみふりかけかきまわしてくれた。

「さぁ、食んまっし。これで元気もりもりやがいね」と女が金色の沢庵と一緒にだしてくれた。とどめの旨さだった。大椀の内側へ顔半分つっこんでなめまわし、ぼりぼりかじって平らげ、ひっくりかえってしまった。

母娘とおぼしき女二人、腹をかかえて猿か雉のようなひきつるわらいをくりかえしていた。喰いだおれとはこのことだと、またしても意識が朧げになっていくなかで女にかかえられ、どこかへつれていかれるのはわかっていた。

目があいて障子の明るさが眩しかった。月明かりだと知れた。ぐっすり眠っていたらしい。満腹ではち切れそうだった腹がすっかりへこんでいる。ゆっくり立ちあがり、腰から上にある障子をあけて外を見た。窓ではなく、杉板をつないだ覆いをあげて棒切れで支えてある。そのむこうで、皓々と月光に映えて池面がざわめいている。ぷくりと何かがうきあがってきた。

「河童かっ」とおもったが、雫のたれる長い髪のなかから白皙の顔があらわれた。ゆっくりと腕をひろげて泳いでくるのが女だと合点した。

女が水からあがってきたのを見れば、上半身裸である。みごとに張った乳房がはりついた髪のなかから盛りあがっている。腰にまいたうすい布が肌にはりつきすけて見える。あまりに艶麗な容姿に息をのむ。腰につけたロープのさきで魚がはねているようだ。

ひきあげられた魚はやがて一メートルはあろうかという鯉だった。女はあばれる鯉をおさえつけ、胸にかかえて家の裏手へきえていった。鯉のしっぽが女の下腹をうつ音がひびきわたった。

八畳ほどの部屋の真ん中に寝かされていた。昔なつかしい大きな銘仙の蒲団が一式敷かれてあり、障子のすぐ横の壁に三面鏡がおかれている。ひらいてみると、三面の鏡のいずれにも蒲団の鮮やかな赤紫のはれぼったい花柄がゆらいで見えた。

音もなく、襖がすーっとあいて、手燭の灯りにゆらぐお婆の青黒い顔がのぞいた。「腹減らしたろう、もうじき晩飯じゃが」といい、締めた襖のむこうで、「囲ん中のほうへこさっしゃいの」という声が遠離る。

襖をあけて右足をだしたとたん前のめりになり、危うく膝からおれそうになった。次の十畳の間との境が一尺ほどの段差になっていたのである。そこの四方の壁には古いが、背の高い桐の箪笥らしきものが二竿おかれている。箪笥の上には一見したところ幼児かとおもわれるものがずらりと並んで腰かけ脚をだしているのが、暗さになれてきた目に映る。

いっせいに肩をよせあいわらいだしそうである。ぞっとした。あわてて次の襖をあけると、やはり同じような高さの段になっており、板の間をはしってくる炉端の灯りにぱっと照らされた。

ふりかえってみれば、幼児等の脚がぶらぶらゆれている。総毛立ち凍りついた目で喰らいつくように凝視したものは人形だった。それも山径ですれちがった時の籠に入れられていた幼児そっくりだった。

「あぁ、」と溜息がもれた。

もつれる足取りで炉端へへたりこんだ。

「大丈夫けぇ」と顔をあげたお婆の顔がにんまりとほほえんだ。自在鉤にかけられた鍋のなかへ、お婆の手で大皿にもられた葱や三つ葉や芹や水菜などの様々な野菜が入れられ、花形の猪肉がほうりこまれていった。

白っぽい絣の着物姿で現れた女の手には、湯気のあがった小さな鍋がさがっていた。

「スッポンもよう煮えてきたぞいね。牡丹鍋とスッポン汁で精をつけてくたんし」と横に坐り、「さぁ、一献」と徳利をもちあげた。

逆らえぬものと勝手に右手が九谷焼の杯をとっていた。口にした酒は売っているものとはおもえなかった。

薬草か猿酒か、とにかく癖の強い自家製の酒にまちがいはなかった。二、三杯のむと、からだがかっかしてきた。

お婆が盛ってくれる猪肉と野菜を何度もおかわりし、しなだれかかってくる女に酌をされつづけ、酔いがまわり背骨がとけていくようだった。煤で汚れた天井の細竹や梁がしなって波うち、母娘の姿がぐるぐる火の縁をめぐっている。いつの間にか、「もうたまらん、もう堪忍や」と叫んで土間のほうへ片肘ではいだそうとしているのが、どこのだれやらわからなくなっていた。ぐいと両の足首をつかまれても痛みはなかった。そのままひきずられて撃たれた獣のように、女の肩から背中へぶらさげられて寝所へともっていかれた。

夢うつつの状態のなかで、衣ずれの音がきこえてきた。

やがて左横へどっしりと重みのあるものが膝をおり、横たわってくるのがわかった。肩から腕にかけてひんやりした張りのある、人の肌と感じられるものがあたり、身ぶるいした。女の肌でしかなかった。大きな手がこちらの手をにぎってきた。

「早う、登ってきまっしま」

何という甘やかな、気味悪いほどの嬌声か。

本当に横にいるのがあの大女なのか、とそっと目をずらしてみれば、仄かな月明かりに白々と山形の巨大な肉塊がうねり、かすかに産毛がひかっている。魂消た。美しい。

女がこちらの背中へ手をまわした瞬間、もう肉塊の上にのせられていた。

恐るおそるつむっていた目をあけてみる。女の腹にはいつくばっている自分がいた。あおぎみたさきに、はちきれたわんでいるりょうのちぶさがあった。

おんなが、「のぼれ」といったわけがわかった。ヤモリのようにはいあがり、りょうのてをのばしてつかんだ。だが、つかみきれぬ。さするしかなかった。いくらもみさすっても、おんなはすこしもどうじない。じぶんのうでにそえられていたたけがないのに、ふときづいた。どこにももういたみはなかった。あとはしにものぐるいでちちくびにすいついていた。それでもおんなはよがりごえひとつもらさない。はなのあなになにかがはいってきて、おおきなくさめがでた。ちちくびのよこにはえていたながくしろいけがげんいんだった。「くそくらえ」とちいさくさけんでいた。おんなのりょうあしがせりあがってきて、こちらのこしにまきついてきた。こかんをあわせようとするがうまくいかない。なんどこころみてもしっくりいかない。からだのだいしょうはかんけいないはずだ。じぶんのいしとはかんけいなくかってにいきっているものがとどかないのだった。

女は南天の葉の蝸牛でもはがすように、こちらのからだをひきずりおろし、無言のまま下いていた。

締めのこった襖の隙間に、うつむき加減に襟元を直す、老婆そっくりな女の横顔が浮いていた。

ことのはじまる前、離れの間に安置されているらしい愛染明王に詣り、かならず陀羅尼を唱える女の声がきこえるのだった。

次の日の晩も、その次の晩もと、読経と酒宴と不発の交合が幾夜となくくりひろげられた。女の苛だちがつのるにつれてこちらは逆に冷静になり、心身が目ざめていった。自分の立場が次第に分明になっていくにつれ、我が家のことや女房のことが急に気になりだした。それまでおもいださなかった自分が不安になった。子は無事産まれただろうか。男の子か女の子か。山へ入ったきり、何日も戻ってこない自分を老母や臨月間近な妻がどれほど心配しているかしれたものではない。とうに捜索隊の山狩りが始まっているはずだ。それにしてもまだここへだれかがやってくる気配すらないのはどうしたことか、と自問する。

そうこうしているある夜半、目がさめると、炉の薪がはじける音にまざって、二人がぼそぼそと声をひそめて話しているのが耳にとどいてきた。深更は物音も声も通りがよい。

「あれも、役立たずの胤（たね）無しかいのぉ」とお婆。「もうちょびんこ、がんばらいてみっちゃ」と女。

「冗談ではない。こちとら、馬じゃないわい」と叫びたくなった。

女房はちゃんと人間の子をはらんでいる。そうおもったとたん、どっと涙があふれて背筋を電流がはしった。

そのあと、仕方なく何回も女によじ登り、杭をうとうとしたが、淵は広く深かった。

女はさいごにこれまでとばかり邪険に払いのけ仁王立ちになり、「門ひとつくぐれんふぬけもんがぁ……」と歯ぎしりした。

言いがかりも良いところである。

翌朝、「おはよう」と声をかけても、女は顔をあわせようとしなかった。このあとの展開が怖かった。

この地の土は鉄黒である。畝から白々と柔肌を露出している大根の葉が、朝露にぬれてかがやいている。

お婆が、「おまさんもこれをぬくことぐらいはできっりゃろ」と太く長い大根を高々とかざした。今大根をひく時期かどうかわからないが、里とはちがうのかも知れぬ。

しょたれよろめきつつ、お婆の横の畝にある大根の首に両手をかけふんばってみた。びくりともしない。こんなにぬけない大根がどこにあろうか、と思いきり腰をおとしてそりかえった。土にうまっている所から破裂音をほとばしらせておれてしまった。水飛沫が七色にひかってとびちった。

「折ってどうするんじゃ、ぬかっしゃい」

老婆の叱責に次の大根にいどむが、いっこうに埒があかない。何度まっすぐぬこうとしても駄目だった。

「腰に力が入っとらんがやて、腰にっ」とお婆の声がたかぶる。

ひょいとかがんだお婆が、「見とかっしゃれ、こうやるんじゃ」と、いとも簡単にひきぬく。三本ばかり折ってしまい、へたりこんでいるところへ、女がやってくるなり、両の手で一本ずつつかんで、気の遠くなるほどの本数をすいすいぬいていく。見わたすばかりの畝の大根が見るみるひきぬかれていく。己の非力さが身にしみる。

女はぬいた大根を一輪車に山積みにし、山裾から流れてくる瀬へはこんでいく。映画の早まわしを観ている気になる。たちまち大根の高い山ができあがっていく。

女とお婆はそれを黙々と洗い泥をおとし、藁しべで二本ずつゆわえ、竹でつくったハサに三段がけにしていく。たちまち美事な白壁が出現していった。

呆然と眺めていると、「細いがちょっこし残っとるやろが、それをぬいて洗うといて」といいつけ、二人して家のなかへきえていった。いわれるまま、所々にのこっている細身の大根をぬいていく。それは自分にもぬけた。

最後の先のほうが二股にさけている一本をぬきおわり、それをそっと抱きしめていると、女房を浴槽からかかえあげる瞬間が、ふと脳裏をよぎった。

大根の幔幕は朝日夕陽にかがやいて目が眩む。それが結界のごとく、ますます自分の意識を封じこめていく。それでも勇をふるい、夜半に何度か婆谷とおもわれる方角へ足をむけて脱出をこころみた。もはや囚われ人となっている身としては、昼間は簡単につれもどされるのは必定であった。だが不確かな夜道は足がすくむ。山の闇の深さは尋常ではなかった。

爺谷どころか、婆谷までも千里の道のりかとおもわれた。結局同じところをはうようにぐるぐるまわっていて、いつの間にかもとへもどっているのだった。

そのうち、ここへ来て幾日たったかもわからなくなり、大根は日一日と色があせ、水気がぬけていき、しぼんで干し大根になっていくと、景色が一変していた。

「女の一生を早まわしで見せられておるようなもんじゃのぉ」とお婆が口ずさめば、女の顔が暗く沈んだ。あわててお婆が掌で口をふさぐ。ころ合いを見はからい、女二人して丹精し、立派に仕あげた干し大根をハサからおろしていく。

家の裏の漬物小屋まで一輪車につみ、はこぶのが自分の仕事となった。

実に四、五メートルもあろうかという大樽の外と内に梯子をかけ、まず女が樽のなかへおりていく。それからお婆が樽の縁まで登り、「さぁ、ここまでほうりあげさっしゃい」とこちらへ指図する。

いわれるままに何回かなげてみるが、とてもとどく距離ではない。

「甲斐性無しゃのぉ、まそっと力入らんがかい」とお婆の叱責する声がふってくる。

仕方なく、背負い籠に入るだけいれて梯子を登っていく。

「ちょっこりは考えさっしゃったのぉ」とわらいながら、籠からだした干し大根をつぎつぎと樽のなかへおろしていった。

沢庵をつくるのに、酒造会社にある発酵用の酒樽ほどもあるこれほど深く広い樽が、なぜ必要なのか不思議でならない。まさか二人してこれだけの本数をかじるわけでもないだろう。売物にするほどあるとはいえ、重ねても底から二メートルにはならないとおもう。

糠の入った袋がすでに樽の外にいくつも積まれており、それにあわせる塩もまた然り、加えて鬱金と他に二人しか知らない何種類もの隠し味の品々が用意されていた。

それらを肩にかつぎ、籠にのせしてへとへとになるまで梯子段を登らされた。お婆はその一つひとつを滑車につるされた大きな籠にのせてなかへおろす。老いた痩軀で難なくこなしていく。さすが女の母親だと、変に感心させられた。適量の水ももってあがるのにも、いたく骨がおれた。三人での二日がかりの仕事となった。

すべてがおわったその日の晩飯を食べると、はうように寝床へいって爆睡した。

未明のもやもやした目覚めの渕で、また流しの水音にまじって届いてくる二人のひそひそ声をきくとはなしにきいている。

「そろそろ引導わたいてやらんならんのぉ」とお婆の声。「宝籤にあたるような確率やわ」と女のふてくされた声。

目をこすって炉端の円座にすわるなり、「朝飯はぬいてもらいますでな」とお婆がいう。

「風呂場へきてたいま」と女に立たされ、総檜の浴槽がある湯屋へと急かされた。

もうここに囚われて何日何ヶ月たったのかもわからぬが、どうにかたおれずに生きてこられたのはその風呂のおかげだった。

素っ裸で、たばねた髪を頭のうしろでぴんと立てた女に、脚のさきから頭のてっぺんまで、天糸瓜の垢すりでていねいにこすられたあと、体毛という体毛をことごとく、つるんつるんになるまで剃りおとされていった。まるでできたてほやほやの男のマネキンそっくりになった。

さらに手足の指の間から尻の穴や耳の穴まで糠石鹸でみがかれた。桶の湯を頭からかけられる度に、これから巨きな俎板の上にのせられ、あの大薙刀で捌かれるのではと、渦巻く恐怖で胸がはりさけそうになっていった。

脱衣所には白装束が用意されており、女はそれを子供に着付けしてやるかのように着せ、こちらのからだを何度もまわし、さいごに、「よっしゃ」といって背中を二度ぱんぱんとたたいた。ふりむけば、女が目尻をさげてにこりとほほえんでいた。

手をひかれて暁闇のなかを、漬物小屋へとつれていかれた。そこで寝袋と枕をもたされ、大樽の上まで女にかつがれていった。

滑車のロープでつりさげられた分厚い板に移され、ゆっくりおろされていく。

樽の内側との間にわずかな隙間がある円形の底蓋の上には、いくつもの大きな石が並べられている。その石の上に、どうやら寝床がわりらしい板がおろされた。

その日は一日絶食だった。次の日からきちんと三食、女が籠でおろしてくれたが、竟に獄舎につながれた身となったようだった。

樽のなかではしだいに腹がはり、便秘になりがちだった。小便のほうは溲瓶で用をたす。下のものはこまめに女がはこびあげた。

一週間もすると、大根からでた水が蓋すれすれにあがってきた。その水をくむようにと、柄杓がおろされてくる。石と石の間にもたまる水が日ごとにふえ、何日もなんにちもその作業がつづく。水があがらなくなったころには蟬の声もきこえなくなり、蟋蟀の声がひびくようになった。夜風が冷たくなり、歯を鳴らして寝袋にくるまり、蓑虫になって眠る。

夢に女房がでてきた。哀しげな顔で大きな鏡をさしだしている。それをわたすと、女房はすっときえていなくなった。その大鏡に大女の姿がうつった瞬間、金毛九尾の尻尾が顕れ、女は空をとんで巨きな石になっておちていった。

目ざめれば、びっしょり汗をかいていた。

お爺の言葉がよみがえってきた。

「霹靂神」にならなければならない。

それから一心不乱に光明真言を唱えつづけた。幾日かのち、大嵐となり、稲妻がはしり、雷鳴がとどろきわたった。そして暗黒の夜空から太いひかりの柱が天蓋をつきやぶり、ひたすら真言を唱えている自分の上におちたかとおもうと、その火柱はからだをとおりぬけ樽の底をつらぬいていった。白装束は真っ黒焦げになっており、気づいた時、幾つもの漬物石がころがり跳びはねぶつかり合う音が四辺にひびきわたっていた。

＊本作の文体は意図的に現在形と過去形を混在させてあります。

鶴舞い

波佐間義之

〈著者紹介〉
波佐間義之（はざま・よしゆき）
昭和十七年六月生まれ。
「九州文学」編集発行人。
著書
『貌のない街の碑』
『鈍色の訴状』など。

あなたは入院する前に風邪をこじらせていました。四十度近くの熱が三日間も続き、そして意識混濁状態に陥ったのです。

その日は休日で、あなたの夫はめずらしく外出することもなくあなたのそばにいてくれていました。あなたはその夫の顔もおぼろげにしか見えないはずなのに、あなたは時々——たぶん意識が戻った時でしょう——弱った目を宙にあずけるようにして意味のない言葉を漏らし続けていました。砂漠で行倒れになった死人のそれのように白っぽく乾いた唇からあなたは何かをしきりに伝えようとしているのでしたが、声がかすれていて聞き取れていません。何？　と聞き返す夫にあなたの顔は蒼白に歪み、もどかしそうに首をくねらせていました。あなたの目の周囲は落ちくぼみ、土色に変色していました。

夕方になってあなたの体は痙攣の発作を起こしました。依然と続く高熱からのものでしょうか。体は硬直し、そして小刻みに震えていたのです。事の重大さに気づいた夫は慌てて一一九番をプッシュし、救急車を要請しました。あなたにはあの耳ざわりな救急車の鳴らす音はたぶん聞こえなかったでしょう。あなたは再び意識混濁に陥り、ぐったりと布団の中に沈み込んでいたのですから。

やがて救急車が到着しました。夫に案内された若い二人の係員は土足のまま上がり込んで来ました。あなたは彼らに布団を剝がれ、軽々と担架に乗せられました。担架に乗せられたあなたの体は薄っぺらで、見るからに痛々しい感じがしました。いつの間にか近所の人たちが救急車の周囲に集まって来ました。あなたが気付くはずもありません。何ごとかと覗(のぞ)き込む周囲の人たちの目にさらされながら、あなたは救急車の車内に運び込まれました。あなたのそばに落ち着かぬ顔した夫が乗り込みました。バタンと周囲の視線を断ち切るような音がしてドアが閉まると、救急車はサイレンを鳴らしながら走り出しました。集まった近所の人たちのささやき合う声もたちまち救急車のサイレンにかき消されました。

五分ほど走った頃でしょうか、救急車はあなたの行き付けの赤レンガ色をした病院に着きました。あなたはすぐさまストレッチャーに乗せ換えられ、二階の救急処置室へエレベーターで運び込まれました。看護師たちが手際よくあなたを介抱します。あなたはその時、薄目を開いてそばにいる夫の顔を目の中に認めたようでした。そう、あなたの意識は正常に戻ったのです。熱が少し下がったようでした。看護師の白衣が眩(まぶ)しく映ったのでしょう、処置室のベッドに移されたあなたは目を細め、まばたきを繰り返します。わずかながらあなたの頬に赤みがさしたのを見て取った夫は、ジャンパーのポケットからハンカチを取り出して自分の額の汗をぬぐいました。暖房がよく効いています。一時はどうなることかと動転を隠せなかった夫でしたが、どうにか落ち着きを取り戻したようでした。

あなたは間もなく医師の診察を受けました。診察は簡単には終わりそうにありません。その間、夫は誰もいない面会室の長椅子で不機嫌な顔のままじっと待ちました。待ちくたびれたのか、売店でパンと牛乳を買って来て食べていました。そう言えば昼食はとっていなかったのです。もちろん、あなたも。夫は空腹に我慢できなかったのでしょう。

陽は落ちても外はよく晴れていました。昼間はほこりを孕（はら）んだ春いちばんがいたるところで吹いて確実に春を予感させてくれています。面会室の窓から見下ろせる庭の大きな梅も、広げたその枝に紅色の花弁をほぼ満開に開かせています。ちぎり絵でも見ているようです。あなたは梅の花、それも紅梅が好きでした。あなたの家の庭にも紅梅が二本あります。あの梅もそろそろほころび始める頃でした。あなたの注文で植木屋に運ばせて植えたものでした。もう二十年になります。あの梅の花の下で親子三人そろって焼き肉をしたのはいつだったっけ。煙に燻（いぶ）られたミノムシが殻から抜け出してあなたのセーターに落ち、それに気づいたあなたは突拍子もない声を上げました。夫も娘も飛び上がらんばかりに驚いたほどでした。それから後は三人で大笑いでした。

あなたの家の庭の紅梅も最近は大きくなり過ぎて隣家から苦情が持ち込まれました。枝が隣の庭まで伸びたのです。その為、枝を切らなければならなくなったのです。連休の好天日、ゴルフの予定を取り消さなければならなくなった夫はぶつくさ呟（つぶや）きながら鋸（のこぎり）を手にしました。あなたは黙って夫が切り落とした枝を集めてはさらに小さく切り刻んで束にしました。束は五つほど出来ました。

梅はそれからまた新しい枝を伸ばし、見ごたえのある花をつけるようになりました。花弁が落ちてしまった頃には再び隣家から苦情が持ち込まれることでしょう。

あなたが元気だったらこの前のように梅の花の下で焼き肉をしたことでしょう。そして東京の大学に行っている一人娘の育子（いくこ）を呼び寄せることはないにしても、夫と二人で過ごした一日をあなたは愛する娘の下宿まで九州から電話を入れ、つぶさに報告したことでしょう。もっとも育子抜きで夫がおとなしくあなたに従ってくれるとは思いませんが。

診察が終わったのは午後六時を少し回っていました。処置室から出て来た主治医を目に認めた夫は背を屈めながら歩み寄って行きました。

「先生、どんな具合でしょうか？」

夫はかすれた声で問いかけました。主治医は金縁の眼鏡を指先でずり上げ、首を心もち傾げながらこう言いました。

「まだ精密検査の結果を待たなければ何とも申し上げられませんが、しばらく安静が必要ですので、このまま入院していただくことになりますが」

「あ、はい……そうですか、それは……よろしくお願い致します」

夫は苦渋に満ちた顔の表情を隠すようにして主治医に頭を下げました。夫と同じくらいの年齢の医師は軽く頷(うなず)いて夫のそばを離れて行きます。

あなたは処置室を出て病室に運び込まれました。そこはナースセンターのすぐ横です。個室になっていました。横にはナースセンターからの覗き窓があります。いつでも看護師の目が届くようになっています。それだけでもあなたの病は深刻な状況になっていることを窺(うかが)い知ることができます。

夫が病室のドアの隙間から遠慮気味な顔を覗かせました。看護師たちはまだあなたの世話をしています。夫の姿をめざとく目にした年増のよく肥えた看護師が夫を手招きしました。夫は恐る恐るといった態(てい)で足を踏み入れました。あなたが病院備え付けの薄いピンクの入院着に着替え終わったばかりの時でした。

「先生からお聞きになったと思いますが、奥さんはしばらく家には帰れませんから、洗面器とかティッシュペーパーやタオル、下着……とにかく入院に必要なものは全部持って来て下さい。それから今日の帰りにでも結構ですが事務局に寄っていただいて奥さんの入院手続きをとっていただきます。この部屋も家族以外の方は面会謝絶になります。よろしいですか」

それから健康保険証も、と付け加えた看護師の言葉は事務的でした。夫の目にはわずらわしげな光が浮かんでいます。間もなく看護師たちは退出しました。それを見届けて夫はあなたのベッドの横に来て折り畳み式のパイプ椅子を開いて腰を下ろしました。と、あなたはとたんに目いっぱいにふくれあがった涙をこぼしました。あなたは震える指でそれを拭いました。

「困ったことになったたな」

夫はあなたの顔を覗き込みながらいかにも心から困ったというような顔で言いました。それは呟きだったかもしれません。困ったこと？　何が？　あなたが入院することが夫にとっては困ったことになるのでしょうか。夫にとってある意味においては確かにそうかもしれません。しかし、妻が入院した時ぐらい協力してあげてもいいではありませんか。これまで共働きしながらも家のことは全部あなたにさせて来たのですから。あなたにも言い分があったはずです。でもあなたは黙って顎を引きました。

「ごめんなさい。でも大丈夫、すぐ退院できるわ」

あなたは口元に微笑さえ浮かべていたのです。夫を安心させるためだったのでしょうか。黙っている夫に対してあなたはこんなことも言い足しました。

「退院するまであなたにいろいろ不便な思いをさせると思うけど、我慢してね。健康になったらわたしもゴルフを始めるわ」

　あなたの声はとぎれとぎれに聞こえました。あなたのその言葉に夫は下を向いて苦笑しました。ゴルフという言葉がきっと棘（とげ）となって夫の胸に刺さったはずです。

「つまらんことは考えずに、この際ゆっくり休養することだな」

　つまらんこと？　夫は逃げています。普通なら夫のこの言葉はあなたの胸にどんなにかやさしく響いたことでしょうか。しかし、あなたは夫を心から信じる気になっていないのでした。夫はあなたと言葉を交わしながらそんなおためごかしの言葉をあなたにかけました。あなたが入院したことで本当はあの女と大っぴらに会うことができるとほくそ笑んでいるのではなかったでしょうか。そのことがあなたを苛立（いらだ）たせましたが、残念ながら今は夫に頼る以外にあなたには術がないのです。さっき、あなたが譫言（うわごと）のように繰り返していたのはそのことだったのでしょうか。

　これまであなたは夫には散々泣かされてきました。あの女と今でも付き合っているようでした。本人が認めたわけではありませんが、あなたには女の直感として分かるのです。夫がやさしい素振りを見せているのは隠れ蓑です。こういう言い方はいけないのでしょうか。確かにあれから夫は改心したように見えました。しかし、どうも断ち切れていないのです。それを知ったあなたは育子を連れて夫と別れることを考えました。けれども、決断は先送りになってしまいました。育子のことがあるからです。その頃、育子はまだ小学生になったばかりでした。育子もそれとなくあなた方夫婦のことを察知していたのでしょう。もしもあなた方が離婚するようなことにでもなれば家出する、と育子は言いました。夫もあなたも驚きました。子供とばかり思っていた育子がそんな言葉を吐いたのですから。その言葉があなた方夫婦の間にできた溝をとりあえず埋めてくれたことになりました。それからあなた方は育子の前では良き父、良き母を演じ続けてきました。が、あの女の存在をあなたが忘れたことはありません。

あの女というのは夫の部下でした。あなたも部署は違っていましたが同じ役所勤めでしたからその女とは顔見知りでした。夫はあなたと結婚する前からその女と付き合っていたのです。あなたは言いました。そんな人がいるのにどうして私と結婚したの、と。どうして藤崎留美子(るみこ)と結婚しなかったの、と。藤崎留美子はあなたより五歳若い女でした。美人ではないけれどもスタイルの整った見事なプロポーションをしていました。二人ともゴルフが趣味で気が合っていたのでしょう。夫はいつもゴルフに行った日は帰りが遅いので、不審に思ったあなたは一緒にゴルフに行った仲間の人にそれとなく電話で訊ねて二人の関係を知ったのです。あなたは信じられませんでした。あなたはその日、夫に詰問しました。夫はにやにやとただ笑うばかりで相手になってくれませんでした。そこであなたは藤崎留美子を電話で呼び出して喫茶店で会いました。夫と別れてくれるように頼みました。留美子は夫とはもう会わないということを約束してくれました。すんなりとそう約束してくれたものですから、二人の関係は思ったほど濃密ではなかったのではないかとあなたは安心したことでした。ところが、です。彼女は夫の子供を身籠っている、と言ったのです。衝撃的な言葉でした。これが驚かずにいられますか。あなたは思わず留美子の頬を打ちました。体中の血が一気に頭の中に駆け上って来て、あなたは憎悪と嫉妬で交錯した奇妙な感覚に苛(さいな)まれたのです。留美子はあなたに打たれた頬を両手で覆いながら泣いている様子でした。周囲でコーヒーを飲んでいる若いカップルが何ごとかとびっくりしてあなたたちに目を向けました。構わずあなたはもう一度覆った手の上から彼女を打擲(ちょうちゃく)しました。それだけであなたの気がすむはずもありません。あなたはすぐさま夫を呼びつけ、別の喫茶店で話し合いました。彼女がどうしても夫の子供を産むと言うならあなたは夫と離縁する覚悟でした。ところが夫はそこまでは考えていないと言い、藤崎留美子に堕胎するように説得しました。留美子は最初は拒んでいましたが、泣きながらもそれを認めました。もちろん、費用は全部夫が持ちました。夫はあなたと二人になった時、こんなことを言いました。誰の子供か分かるもんか、と。えっ？　とあなたは聞き返しました。それが本当なら藤崎留美子という女は犬畜生と同じで、道理に反する人間です。もっとも、あなたが夫のそんな言葉をまるまる信用しているはずもありません。留美子にはまた別のことを言っているにちがいありません。優柔不断な夫のことですから、あなたは疑心暗鬼になってしまうのも無理からぬことです。

「さっき、看護師さんが言ったこと、忘れないでね。ほら、下着類は納戸のタンスの一番下に入っているから……。あ、それからわたしが入院したってこと、誰にも言わないで」

「どうして？」

「だって誰にも心配かけたくないもの」

「いずれ分かってしまうぞ」

「それまで黙っていて」

「育子にも、か」

「育子にはわたしから電話するわ。あの子をびっくりさせるといけないから」

「分かった」

夫はそれからほどなくして病室を退去しました。あなたが眠ったのです。注射が効いたのでしょう。いくぶん熱は下がっていたようです。看護師が覗いた時もあなたは気持ちよさそうに眠っていました。

あなたは一度乳ガンの疑いで福岡の大学病院に入院したことがありました。あなたはそこで乳ガンの疑いのある左の乳房を剔出（てきしゅつ）してもらって、とにかくガンからのがれました。のがれはしましたが、あなたは随分と惨めな思いをしました。片方とは言っても女性のシンボルをなくしたのですから。傷跡は夫にも見せたくありませんでした。しかし、乳房一つと命は替えられません。あの時、医師ははっきりとガンだとは夫にも言いませんでした。だから乳房を剔出したのは万が一のことを考えての処置でした。あれから七年が経つのです。あなたは元気を取り戻し、職場にも復帰しました。そしてあなたは定年まで後五年を残してこの三月末で役所を勇退する予定にしていたのです。夫が課長に昇進した関係からですが、あなた自身も相当に疲れていましたのでここが潮時だったのでしょう。あなたは十六歳から給仕を振り出しに働き出していたのです。結婚後も主婦をしながら働き続けて来たのですから五十五歳はもう辞め時です。あなたが退職願を提出した時、上司は大変困惑した顔を見せておりました。それだけあなたは上司から職場の生き字引のように頼りにされていたのです。むろんあなたの後輩たちからも、です。

　しかし、あなたは退職の日を迎えることもなく病院に運ばれて来たのです。もともとあなたの体は強い方ではありませんでした。体つきは痩せ型で、その頃になると一段とあなたの筋肉は削げ落ちていました。痩せた分だけ顔の皺（しわ）も増えていました。そのことにいち早く気付いていたのはあなた自身ではなかったでしょうか。あなたは風呂からあがると、よく自分の体を鏡に映してじっと見入っていました。実に寂しげな目付きでした。その頃はもう夫もあなたの体を求めて来ることもありませんでした。夫と藤崎留美子との関係はまだ切れていなかったのです。あなたはそれを知っていて夫には何も言いませんでした。

あなたとは対照的に夫は健康そのものでした。しかもあなたより五つも年齢が若いのです。当然そこには二人の差が出て来るでしょう。その差を夫は留美子に求めていたのでしょうか。考えてみれば留美子も可哀想な女です。夫の欲望の道具にされているのですから。あなたがもしものことになれば、夫は彼女と一緒になるつもりでしょうか。そんなことをあなたが考えないはずはありません。けれども、あなたは心に波風立てることはありませんでした。体が弱っていたこともあるでしょう。あなたが感情を乱さなかったのは、もしかして留美子に後のことを頼む、というような心の変化が生じたのではなかったでしょうか。後のこと？ 育子のことです。あなたがいなくなったら育子は誰を頼って生きていくのです？ 夫は頼りにはなりません。まさか留美子にお願いするつもりになったのではないでしょうね。あれほど憎んだ相手に娘の将来の面倒を託す気になるなんてとても常識では理解できません。彼女は今でもあなたを裏切り続けているのですから。

あなたは入院する二週間前に夫と二人で育子のところに行きました。大学三年生になった娘が寮から下宿に引っ越すと言ってきました。寮は二年間しか入居できないようになっているのです。あなたはゴルフの予定があるという夫を説得して福岡空港から羽田へ向かいました。あなたはその時も顔色はそうよくありませんでした。熟れそこなった瓜のような肌に化粧を施しても誰の目にも分かります。気の毒なくらいのやつれ方をしていました。それでもあなたは久し振りに娘に会えるということで心は弾んでいたようでした。あなたにとって育子は紛れもなく宝です。あなたは飛行機の中で、しきりに育子のことを思い浮かべていました。夫はあなたの横で目を閉じて坐っています。きっと藤崎留美子のことを思っているのでしょう。あなたに押し切られなかったらその頃は留美子と上機嫌でグリーンを回っていたことでしょう。そしてその後はホテルに入って日頃の鬱憤を晴らすように激しく抱き合っていたのではないでしょうか。

ちょうど二年前になります。

育子が国立のその大学に合格したのを祝って、親戚の者たちがおおぜいあなたの家に集まりました。壮行会を兼ねたものでした。あなたは二十人にものぼる客を相手に細腕をふるってごちそうを作りました。あなたは一人で朝から夕方まで働き詰めでした。それでもあなたは心の底から嬉しそうでした。何はともあれ育子の念願が成就したのですから。あなたにとっても自分のことのように嬉しかったにちがいありません。育子があなたのそばからはなれて行くのは寂しかったでしょうが、それも娘のためと思えば寂しがってばかりはいられません。あなたはそんな物分かりのいい母親の顔をして笑っていました。しかし、考えてみれば一人娘の育子をあえて東京の大学へやる必要はなかったのです。あなたの弟たちはそう言いました。九州にも国立はあるではないか、と。家から通学できるところがあるではないか、と。だが、あなたは笑って聞き流しました。育子が決めたことだから、と。だからどうしようもない、とあなたは言いたかったのかもしれません。あなたは、あなたの夫もそうですが、育子には大変甘いのでした。親が子供に甘いのはどこの親も同じですが、親が子供の言いなりになっていいものでしょうか。あなたが強引に反対してもよかったのです。育子はあなたが反対していたら東京行きはやめたでしょう。一人娘にしては聞き分けのよい子供でしたから。そうすればあなたも娘と離れずにすんだのです。あなたの心労も少なくてすんだでしょう。育子は現代っ子らしく、ポロリと一条の涙を見せただけで親もとを離れて行きました。あなたはその日からまるで心に空洞ができたように、生気が感じられなくなりました。あなたはきっと後悔したはずです。誰にもそんな素振りは見せはしませんでしたが、あなたは育子の部屋に入っては娘が残していった普段着に手を触れて涙ぐんでいました。手の皮膚に返ってくる布の感触がなぜか涙を誘うのです。大学四年間だけならまあ辛抱できるでしょうが、この間に娘にもボーイフレンドや恋人ができるでしょう。大学を卒業する時は二十二歳です。もうりっぱな成人ではないですか。卒業したらあなたのもとに帰って来るなどと思っていたら大まちがいです。やがて付き合っている人と結婚したいなどと言い出したら育子はもう完全にあなたの手もとから離れます。あちらの人間になってしまいます。そこまであなたは考えたかもしれません。が、もう遅いのです。飛行機なら二時間足らずで羽田まで行けるにしてもそう頻繁に行き来はできないのです。第一お金がかかるのですから。近くならそれも可能でしょうが、あなたは距離感というものを甘く考えていたきらいがあります。

しかしながら、あなたはただの一度もそれらしい泣き言は漏らしませんでした。何事があるにしても何事をするにしてもあなたは自分自身のことはいつも最後にしか考えない人でした。あきれるほど辛抱強く、そして謙虚な人でした。それだけに多くの人たちから好かれました。が、それが結果的にはあなたの寿命を縮めたのだと周囲の者は言っております。当たらずとも遠からず、というところでしょうか。

あなたはあの日、親戚の者たちが食べ散らかした食器類の後片付けをしていて、急に眩暈(めまい)を感じて膝から冷たい床に崩れ落ちたのです。あなたは声も上げることができずにうずくまっていました。夫はといえば飲み過ぎてダウンしていましたし、育子は自分の部屋で遊びに来ていた友だちとギターを弾いて遊んでいました。あなたはすぐさま気力をふりしぼって起き上がりました。時間にして十秒くらいのものだったでしょうか。確かにあなたは生まれつき貧血気味でした。あなたの顔色は蒼白でした。あなたは中腰のままで後頭部の辺りを手の平でしばらくさすっていました。気分がとても悪そうでした。が、そのまま横になることができるあなたではありません。最後まできちんと片付けて翌朝の準備をしました。そして翌朝には夫を送り出し、自分もいつもと変わりなく出勤をしました。

羽田に着いたあなた方を育子は笑顔で出迎えました。あなたは落ちくぼみかけた目に涙をいっぱい浮かべて育子の手を握りました。東京の生活にもすっかり慣れたであろう育子の姿は、自分の家にいた時とは違ってとても大人びて見えました。そう、もう子供ではないのです。見かけもそうですが育子は確実に親離れしてあなたから遠ざかって行ったのです。育子はすっかり東京の人になりきっています。あなたはそのことをはっきりと認めないわけにはいきませんでした。

あなた方はモノレールに乗り、山手線の電車に乗り換え、それからタクシーを拾って育子の寮へ行きました。

寮に着くと部屋に上がり込んで育子がいれたコーヒーを飲みました。クリーム色の三階建ての寮の窓からは緑の山が見えました。東京にもこんな場所があったのかとあなた方は驚きました。寮は二人部屋となっていますので二つのベッドが並ぶと身の置き場がないほど狭い空間です。同室者は外出していました。恋人とデートだそうです。育子の恋人は？　と聞きかけてあなたは言葉を飲み込みました。東京の男より九州の男がよかよ、とあなたは言ってやるつもりでした。

育子はよくしゃべりました。あなたも、です。夫は黙ってあなた方の話に耳を傾けていました。あまり興味もなかったのでしょう。育子に会えたことであなたの気分はすっかり好転したように思えました。

一休みすると、あなた方は娘の案内役で下宿探しです。と言っても、育子が予め友人の紹介であたっていましたので、そこへタクシーを走らせるだけでいいのでした。

下宿はすぐ決まりました。山手線の駅に近い古本屋の二階です。古本屋の近くには大きな公園がありました。育子はその公園が大変気に入っているのでした。公園の中にはテニスコートがあるのです。彼女はテニスが好きで、大学でも同好会に入っていました。下宿の部屋は四畳半一間きりで、少し古い感じはしましたが、便利がいいのと他よりはちょっぴり安いのが魅力でした。あなた方は一も二もなく同意しました。

翌日は引っ越しです。近くのレンタカー会社へ行って軽トラックを借り、夫が運転しました。育子の部屋には荷物らしい荷物はほとんどありませんでしたが、それでもあなたは結構疲れました。途中で足がふらつく場面もありましたが、あなたは気力でこらえました。娘の手前、気分が悪いなどとは言っておれません。あなたは精一杯の笑顔を振りまいていました。

あなた方は引っ越しが終わると、慰労を兼ねて栃木県の日光へ足を伸ばしました。もちろん育子も同行しました。親子が揃って出かけるのは何年ぶりだったでしょう。夫もその頃になると穏やかな表情になって育子やあなたをデジカメに収めていました。幸せとはこんなものだろうかとあなたはその時ふっと思ったことでしょう。あなたの目の端から光るものが滑り落ちていました。いつまでもこうあって欲しい、とあなたはそう願ったはずです。あなたはこっそりとハンカチを取り出して流れる涙を拭きました。顔は笑っていました。心の内を夫と育子に悟られないための作り笑いだったのでしょうか。

その夜は親子三人で鬼怒川（きぬがわ）温泉に泊まりました。九州にもたくさん温泉はあるというのに、こんなにのんびりと温泉に浸るのは初めてのことでした。湯の香を存分に堪能しました。あなたはいつまでも温泉の湯に体を沈めていました。あなたの体は湯に分解されていくように蕩（とう）けていました。あなたはその時、ふと林芙美子の「魚の序文」という小説を思い出しました。どうしてそれがその時想念として脳裏に浮かんだのかあなたには分かりません。小説の意識するしないに拘（かか）わらず人間の脳裏を働かせる不思議なものがあるのでしょうか。小説の中の新婚夫婦は郊外の墓場の裏に住んでいて、妻——たぶん林芙美子だろう——が墓場の提灯を目にしてこんな詩を夫に見せるのです。

帰ってみたら
誰もいなかった
ひっそりした障子を開けると
片脚の鶴が
一人でくるくる舞っていた
坐るところがないので
私も片脚の鶴と一緒に
部屋の中を舞いながら遊ぶのだ。

湯の中で幸せ感に浸っているあなたも心の中は孤独に苛まれていたのでしょう。まるであなたは自分が鶴になったように感じたのではなかったでしょうか。そしてこの詩の中の「私」は育子。あなたは自分の死という想念を無意識のうちに脳裏に思い浮かべていたのではないでしょうか。いなくなったあなたを捜して、育子が寂しさを紛らわせている様子を垣間見ることができます。

湯上りにビールは格別でした。日頃はほとんど口にしたこともないあなたも夫に付き合ってノドを鳴らしました。育子もびっくりするほど呑みました。夫に似たのでしょう。親子三人が揃ったのはこれが最後でした。

旅館の窓から見える温泉街の夜景は実に見事なものでした。おとぎの国の絵を見ているようで、あなたの目をうっとりとさせたものです。あなたはいつまでも見惚れていました。

東京から帰ると、あなたは重要な仕事を終えた時のような疲労感と安堵感で自分の体が思うように動かないのでした。めったなことに弱音を吐かないあなたでしたが、この時ばかりは「体がバラバラになったみたい」と夫に漏らしていました。

その「バラバラになったみたい」な体を引きずるようにしてあなたは翌日出勤しました。しかし、なぜか終業まで机に就いていることができず、昼過ぎに早退してあなたは母の見舞いに行ったのです。無性に母の顔が見たくなったのです。ムシの知らせというものでしょうか。

あなたの母は二年ほど前に高血圧が原因で倒れ、半身不随の状態で病院に入院しておりました。脳梗塞でした。それが最近やっと歩けるまでに機能が回復したのでしたがリハビリ中に階段を踏み外して右足大腿部を骨折しておりました。ドジな母です。あなたが病室に顔をみせたとたん、母はベソをかいて泣きました。余程嬉しかったのでしょう。顔を涙でくしゃくしゃにしてすすり上げているのです。母はその三日前、二度目の手術をしていました。一度目は失敗だったのです。八十歳になる母の大腿部の骨は骨粗鬆症(こつそしょうしょう)が災いしているらしく接ぎようもないくらいにもろくなっていて、金属で固定しなければなりませんでした。で、その日も切開し、金属で欠けた骨を接ぎ足したのです。母はギプスで固められた大腿部をあなたに見せようとします。そして「痛い、痛い」と白く長く伸びた髪を振り乱しては子供のように泣くのです。あなたは気づかわしげな光を目に浮かべて母の手を握ってやりました。母はあなたに甘えたがっているのです。母はあなたに夕食時までいてくれと懇願しました。箸が思うように握れないので食べたい物も食べられないと言うのです。手が不自由なのは当初からですが、母はあなたに少しでも長くいて欲しかったからそう言ったにちがいありません。あなたはやさしく頷きました。どうせ夫はその日は会議で遅くなると言っていました。藤崎留美子と久し振りに会うための口実でしょう。その頃、あなたはもう留美子のことなどどうでもいいと思うようになっていました。

あなたはサンルームを兼ねたベランダへ出て母のタオルを取り込んでやりました。あなたのすぐ下の、実家で百姓をしている弟の嫁が来て今朝洗濯してくれていたのです。弟の嫁は三日か四日おきにこの病院へやって来て母の世話をしてくれていました。病室は五階ですので、ベランダからの見晴しは抜群です。眼下には中学校があり、そのグラウンドではサッカーの練習が行われています。サッカーをする生徒たちの姿はあなたの目には豆粒ほどにしか見えません。グラウンドの右手は公園になっており、大きな濠（ほり）が見えます。緑の水面には何艘（そう）ものボートが浮かんでいます。白鳥も見えます。濠の周囲は絶好のジョギングコースとして有名です。今でも何人かの人が走っています。実に健康そうです。あなたはちょっぴり羨ましそうでした。目に映るものすべてが躍動をほのめかす春だというのに、あなたの心の中には冷たく寂しい風が吹いておりました。あなたはベランダに立って、いつまでも外の風景を眺めていました。あなたがそのような格好でいることはめったにないことでした。あなたはいつも忙しい人でしたから。もしかしたら、あなたは五階のベランダから身投げでもするのではないかと思わせたほどでした。そんなうら寂しい感じがあなたの背中に漂っていました。母がさっきからしきりにあなたを呼んでいましたが、あなたの耳には届かなかったのでしょうか。

間もなく夕食の時間になりました。廊下から食事が運ばれて来ました。病室には六人の患者さんがいます。食事時間だけがこの病室を賑やかにします。母も上半身を起こして待ちます。あなたは箸を取り、子供に食べさせるように母の口に運んでやりました。母は嬉しそうです。完全にあなたに甘えています。一人で食べることができないわけではないのです。誰もそばにいなければ結構一人で上手に食べているのですから。看護師もできるだけ患者に手を貸さないように言っているのです。そうしないと機能の回復が遅れるばかりなのです。だが、母は甘えることを覚えてしまいました。誰か人が来れば必ずこうして甘えるのです。子供に還ったみたいです。

あなたが母の病室を出た時はもう外には夕闇が降りていました。あなたは母と手を握って別れました。また来るけんね、とあなたは言ったのです。母は目いっぱいに涙をふくらませていました。まさかこれが永遠の別れになろうとは誰が想像したことでしょう。あなたは母の手のぬくもりをしっかりと皮膚に刻み込むようにして最寄りの地下鉄へ足を運びました。

あなたが高熱で入院したのはそれから二日後でした。診察した医師にあなたは最初、腎盂炎と言われました。確かにそれは間違っていなかったでしょう。あなたは右の下腹部から脇腹の方にかけて鈍い痛みがあると訴えていました。腎盂炎だけならそれほど重大ではないのですが、医師は回診のたびに首をかしげているのです。注射針を抜いた後の傷から血が止まらないのです。普通ならじっと押さえているだけで数分後には止まります。しかし、あなたのはいつまでガーゼで押さえていても血が止まらないのです。つまり、白血球が極端に減っていることになるのです。これはただごとではありません。あなたは個室に入れられ、徹底的な検査を受けました。周囲の者たちはてっきりガンだと決めつけていました。あなたもそうだったと思います。ところが、結果はガンではありませんでした。ガンではなかったら果たしてこの原因は何なのか。新たな不安があなたやあなたの周囲を脅かし始めました。

病室のベッドに横たわったあなたはとても苦しそうでした。腎盂炎が峠を越し、回復しなければならないのに痛みは去らず、あなたは呻き続けていきました。食欲もまったくありません。食事が運ばれて来てもあなたは見向くこともしなくなりました。そんなことでは良くなりませんよ、と看護師に叱られたあなたはやっとひと口かふた口をノドに押し込むようなありさまでした。ですから、あなたの体はいよいよ枯れ木のように痩せ細ってしまいました。

そのような中であなたは譫言を繰り返していました。あなたの幼い時のことのようでした。あなたの故郷は玄海国定公園に指定された海の近くでした。家のすぐ後ろは山となっており、海の幸、山の幸に恵まれてあなたは育ちました。けれども、小さい時からあなたはいつも貧血気味で、小学校の時の朝礼では二回ほど倒れて医務室に運ばれたことがありました。あなたには二人の姉がいて、その姉たちと草花を摘んだりおはじきをしたり、時には男勝りに木登りもしたことがありました。あなたの実家のすぐ裏は神社になっており、その神社の小さな広場があなたたちの遊び場でした。

あなたの下には四人の弟が次から次にできました。あなたは弟たちの面倒をよく見てやる子としていつも母から褒められていました。言うことを聞かない弟にはビンタの一つはくれてやりました。

あなたが十六歳で村役場に勤めるようになったのは実は一番上の姉の身代わりでした。願書を出していたのは一番上の姉でした。ところが採用が決まるのを見据えたように姉には縁談が持ち込まれ、結局は就職よりも縁談の方を選択したために二番目の姉を飛び越えあなたにお鉢がまわってきたわけです。つまり身代わり採用になったわけです。田舎の事ですからそんなの、めずらしくはありません。数年後には村は隣接の市に合併吸収されることになってあなたは九州一を誇る市の職員になりました。

あなたの父は村の農協に勤めていました。ポンコツの自転車で三キロほど離れた支所に通っていました。父は心臓に欠陥を持っていて、いつも青白い顔をしていました。田畑があるのに百姓ができなかったのはそのためです。農協の共済事務なら何とかこなすことができたのです。

その父が死んだのはあなたが二十四歳の時でした。心配した通りの心臓発作です。あなたにはそろそろ縁談が持ち込まれる頃でした。父はあなたの花嫁姿をどんなにか見たかったでしょう。不愛想な父ではありましたが、あなたのことはとても気にしていたようです。

父が亡くなると、現金収入の少ない農家のことであり、あなたが必然的に父の代役をしなければならないことになってしまいました。あなたの下には四人の弟がいるのですから。特に下の二人はまだ小学生でした。この弟たちがもう少し成長するまであなたは結婚どころの夢ではなくなったのです。いや、実際はあなたがそういう状況を作って自らを追い込んだように思えました。あなたのそんなやさしい心に、母をはじめとする家族はすっかり甘え込んでしまいました。あなたがそういう状況から解放された時はといえば、三十三歳になっていました。オールドミスとからかう者もいましたが、あなたは少しも焦ってはいませんでした。結婚できないならできないでも構わないと考えていたフシがありました。

そんな時に現れたのが今の夫でした。彼は市職員からなる野球同好会の選手で投手でした。職場対抗試合の応援に行って、あなたが世話してやったのがきっかけで彼と知り合い、その後付き合うようになりました。そしてその頃には育子を身籠っていました。新婚生活の雰囲気に浸る間もなくあなたは出産の準備に追われました。初産としては高齢であったため、難産でした。子供は育子だけにしました。実はもう一人は欲しいと思っていたのでしたがあなたの体では無理でした。

一番上の姉が見舞いにやって来ました。あなたはその時、うつらうつら目を閉じかけたところでした。久し振りに気分が落ち着いていました。それは薬のせいだったのでしょうか。

あなたは耳のすぐそばで人の声を聞き、驚いて目を見開きました。頬骨の出っ張った姉はあなたの顔の前で微笑んでいました。口紅が少し濃過ぎる感じがしましたが、それはあなたが口紅を使わなくなったせいでそう見えたのでしょう。

「どげんね、具合は？」

姉の声は日頃から大きいのです。病室だからと言って遠慮をする気配はありません。

あなたは上半身をベッドから起こしました。一瞬あなたは眩暈を感じたのでしょう、しばらく目を閉じて顔を下に向けていました。が、すぐ回復したようでした。

「あーびっくりした。どうして私がここにいることが分かったの？」

「うちの主人が昨日魚釣りに行ってくさ、メバルやらアラカブ（カサゴ）やらうんと釣って来たんよ。そんで分けてやろうと思うてあんたの家に行ったら、あんたがおらんやろ」

「ごめんね、心配かけるといけんから主人に誰にも知らせないように言っとったんよ」

「なんば言うとるとね、バカ。そげな遠慮せんでもよかくさ。隠さにゃいかん悪い病気でもあるまいし……。そうばってん、顔色はまだ悪かごたるね」

「う〜ん、昨日までは何か知らんが胸がムカムカしてごはんもほとんど食べられなかったんよ。今日はやっと半分食べた」

「そお、体がくたびれとるとよ。更年期も重なってくさ。まだまだ人生は先が長かとやけんね。神さまがくれた休養たいね」

「そう長生きはしたくないけど、育子が結婚するまでは死なれん……」

「当たり前くさ。あんたの人生はこれからやけんね。育子が結婚したら孫ができるやろ。そうしたら孫の世話もしてやらにゃならん。親がしてやらにゃならんことはまだまだいっぱいあるとよ。弱気になっちゃいかん。そう簡単に死ねるもんかい」

あなたは姉の言葉を耳にしながら目頭を押さえていました。湯のように温かい滴が押さえた指と指の間からこぼれていました。姉がハンカチを差し出しました。

「病は気からたい。しっかりせにゃ」

姉の言葉にあなたはカツを入れられたようにしっかりと頷きました。

姉はしばらく世間話をした後、手に提げて来た三つほどの八朔（はっさく）を袋から取り出しました。姉の家の庭に生（な）った物です。あなたはミカンが大好きでした。酸っぱい夏ミカンでも平気で食べる人でした。その一つを姉にむいてもらい、あなたは少しでしたが口にしました。乾いたノドに甘酸っぱい汁が通ると、あなたは思わず「あぁ、おいしか！」と言葉を震わせました。姉も少し食べました。ミカンの汁があちこちに飛び散りました。

姉はそれからあなたの足の爪を摘んでやりました。思えばここ最近、あなたはそこまで気が回らなかったのです。爪は相当に伸びていました。姉はあなたの足を引っ張りだすと、手際よくポチポチっと音を立てて摘み取ります。

「余り深摘みしちゃイヤよ」

あなたは足下にいる姉に言葉を投げかけました。姉は「よかよか」と落ち着いた返事をよこしながらこう思ったにちがいありません。この調子なら後一週間もすれば回復するのではないだろうか、と。

ところがあなたの容体が急変したのはその二日後でした。

あなたの呼吸は乱れ、唇は白く乾いて顔には苦渋の色が現れていました。看護師たちはあなたに酸素吸入と点滴を施します。医師の問いかけにもあなたは意味不明なことばかりを口走っていました。医師はあなたに付きっきりでした。むろん、二人の看護師も。あなたの意識は朦朧（もうろう）としていたようで、何か言おうとしているのは分かりましたが意味が伝わりません。ノドに異物を押し込まれた時のような感じがしました。

あなたの病名は甲状腺機能亢進症と診断されていました。これは昨日今日発症したものではなく、相当以前からあなたの持病として体内で進行して来たものです。これが悪化すると甲状腺クリーゼという世界でも余り類例のないおそろしい病気に進行するらしいのです。すでにあなたの場合、その半分くらいのところまで進行していたと医師は言っていました。

その日、二番目の弟夫婦が見舞いにやって来ました。すると申し合せたように三番目の弟夫婦もやって来ました。しかし、あなたが面会謝絶になっていることに驚き、戸惑っていました。あなたがそんなに重病だったとは知らなかったのです。あなたとはドアの遠くから目を合わせただけでした。あなたは顔いっぱいに汗をかいていました。目は腫れぼったく、瞳はうつろでしたが、あなたは開かれたドアの外にいる弟たちにしっかりした声で「来ないで！」と言ったのです。入って来ないで、あるいは見ないで、という意味のようでした。苦しむ姿を弟たちに見られたくなかったのでしょう。弟たちは驚いて顔を見合わせていました。看護師がドアを閉めます。と、あなたの呼吸はさらに荒くなり、そして乱れ始めます。顔は蒼白色から土色に変わっていました。まったく血の気は感じられません。看護師が医師を呼びに走りました。医師が駈け込んで来ます。看護師があなたに大きな声を投げかけます。応援の医師も飛び込んで来ました。注射器の針があなたの細い腕に刺し込まれます。あなたは胸いっぱいに呼吸を繰り返しながら夫の名を呼びます。が、夫は来ていません。しかし、あなたは応援の医師が夫に見えたのでしょうか、そちらに口を向けて言います。

「もうダメ、もうダメ……。育子を頼むわね、育子を……」

あなたはその後もしきりに言葉を吐き続けておりました。何を言っているのか周囲の誰にも分かりません。が、あなたはただ言葉にならない言葉を吐き続けていたのです。それは言葉ではなく、呼吸音だったのかもしれません。あなたは最後に一息大きく息を吐き出した後、静かになりました。医師や看護師が人工呼吸や心臓マッサージを行いますが、あなたの血圧はどんどん下降していきます。弟たちも異様な雰囲気を察して中に入って来ては大声を張り上げます。が、あなたには何の反応もありません。あなたは苦悶の表情を残して旅立ってしまったのです。午後四時十一分、と言った医師の声は無機質に響きました。

あなたはやがて葬儀社の車に乗せられて自宅に帰りました。

通夜にはあなたの親戚や知人や職場の人たちが騒々しく駆けつけて来ました。誰にも何にも知らせていなかったので誰もがあなたが死んだとは信じられない様子でした。浴衣を着て布団の中に眠っているしか思えないのです。今にもあなたは眠りから覚めてひょっこりと起き上がって声をかけてきそうな感じでした。

閉め切られた八畳のあなたが寝ている部屋は線香の煙で空気が白っぽく濁っています。通夜に来た人たちは一様に黙りこくって口を開こうとはしません。咳払いだけがやたら大きく聞こえます。皆それぞれあなたとの関わりを胸の中で清算しているのにちがいありません。さすがに夫もショックは隠せないようです。がっくりと肩を落としています。

育子には連絡はまだついていません。携帯を持っているはずですが繋がらないのです。下宿にも育子は不在だったのです。育子はテニスのクラブに入っているものですから練習に出ているのでしょう。下宿のカミさんが大至急で伝えてくれたとしてもおいそれと帰って来られる距離ではありません。飛行機を使っても明日になるのでしょうか。それにしても育子からの連絡が返ってこないのは気になります。まだ伝わっていないのでしょうか。そこに集まった誰もが気を揉んでいました。

間もなく葬儀屋が祭壇を運んで来ました。通夜は自宅で行うように夫は言っていたのです。あなたは一時的に縁側に移されました。四人の男たちが布団ごとあなたをかかえました。あなたは痩せている割には意外に重たそうでした。男たちはあなたを丁寧に運びます。運ぶ途中であなたの髪が小刻みに震えました。と、あなたの顔に当てられていた白い布が横に動き、あなたの青い顔がのぞきました。あなたをかかえている男たちは一瞬ギョッとして息を呑みました。あなたの口は開きかけていました。あなたは高鼾(たかいびき)をかいて眠っているようでした。誰かがすぐ白布をもとの位置に戻してやりました。

二人の葬儀屋はあなたに合掌すると、後は淡々と祭壇を作り始めます。弟たちも手伝います。白と黒の幕が玄関からあなたのいる部屋に張られ、祭壇が組み立てられ、灯籠と生花が飾られました。葬儀屋はまったく無表情にそれらの仕事を淡々とこなしました。そしてあなたは元の位置に戻されるのです。先程よりも見ちがえるほどあなたの周囲は賑やかになりました。あなたが人間から仏に近づいて行くような、そんな感じがいたします。葬儀屋は出されたお茶を一口飲むと、再びあなたに手を合わせて帰って行きます。

まだ夜は冷えます。通夜に来た人たちは電気コタツに入ったり石油ストーブを焚いたりして暖をとりますが、あなたの部屋だけはコタツもストーブもありません。部屋を暖かくするといけないのです。あなたの体が早く腐ってしまいます。次の日に葬式が行えるなら構わないのでしょうが、次の日にはできません。その次の日は友引とかで、葬式はまたその次の日になるのです。ですからあなたの部屋にいる人たちは毛布や布団をそれぞれ自分の体に巻き付けて夜を越すのです。

翌日の正午少し前になって育子が帰って来ました。飛行機のチケットが取れなくて、今朝になってやっとキャンセルが取れたと言うのです。皆待ちくたびれているところでした。育子は帰り着くなりあなたのそばに駆け込みました。あなたは無言で娘を迎えました。娘は冷たくなったあなたの顔に頬ずりし、肩を震わせて泣きました。その光景を見守る周囲の人たちも次から次に涙を誘われるのでした。夫はあなたがこうなった経緯をポツンポツンと育子に話して聞かせます。育子はじっと唇を噛みしめて聞いておりました。あなたは息を引き取る前にどんなにか育子に会いたかったと思います。その育子が今、あなたのそばに来ているのです。あなたの若い時そっくりの娘の顔が見えますか。

二晩目の通夜はさすがに皆疲れて途中から横になりました。あるだけの布団を持ち出して来て眠りました。夫の鼾の音も聞こえます。あなたのそばには育子が一人で起きています。彼女も昨日からほとんど眠っていないのです。キャンセル待ちを狙って空港で一夜を明かしたくらいですから。けれども、育子は頑張りました。気の毒になるほど目を腫らしながらあなたとの別れを惜しんでいます。

次の日の昼頃になって、喪服を着た葬儀屋が棺を運んで来ました。棺にあなたを入れ、ドライアイスを入れておかなければあなたの体が腐ってしまいそうなのです。腐れば臭いもします。明日までもちそうにないのです。あなたは一番上の姉と育子に顔をきれいに拭かれ、化粧をされました。あなたの顔には不思議なくらい皺がありません。化粧が皮膚によくのります。一番上の姉が興奮気味に言いました。きれいかよ、本当にきれいかよ、サイコーよ、と。周囲で見守る人たちもそれぞれの角度からあなたの顔を覗き込んでいます。あなたは事実きれいでした。きれいな顔になって棺に入ります。棺の中にはドライアイスが下腹部に一つ、顔の両端にそれぞれ一つずつ置かれました。棺の中のあなたはさらに一歩仏に近づいて行ったような感じがします。

葬儀の日は雨が降り始めました。銀色の糸を垂らしたような雨が音もなく外を濡らしています。涙雨と言うのでしょうか。

あなたは家いっぱいになった喪服の人たちといっしょに昼ご飯を食べました。皆黙りこくって箸を取っています。食事がすむとあなたは斎場に向かうのです。いよいよあなたは家を出なければならない時刻となりました。言いようのない悲しみが周囲に渦を巻いています。あなたは後数時間で形のないあなたに変わるのです。まさしく仏になるのです。

棺の中にあなたの着物や好物としていたミカンなどの他に、「ちくま日本文学全集・林芙美子」の文庫本を育子が入れました。あなたはこの文庫本をずいぶん前に近くの本屋で買っていましたが、栞（しおり）は半分ほどのところに挟み込まれています。もうあちらでは何もすることはないのですから、何回でも心行くまでゆっくりとお読み下さい。

玄関で茶碗が割られました。あなたはお悔やみに集まった多くの人たちの見送りを受けながら弟たちに運ばれ、家を後にします。周囲に嗚咽（おえつ）が漏れています。弟たちは雨に濡れながら、外に待たせた霊柩車に運びます。見送りの人たちが合掌します。

あなたを乗せた霊柩車はあなたの家から二キロほど離れた斎場に向けて静かに走ります。霊柩車には夫と育子が乗っています。夫は真新しい骨壺を、育子は黒リボンをかけたあなたの遺影をそれぞれ抱えています。ふたりとも無言です。雨がフロントガラスを濡らしています。

斎場にはおよそ二百人の会葬者があなたとのお別れに集っていました。あなたはたくさんの供花に囲まれています。遺影が少し下向き加減にはにかんでいます。あなたは和服を着ています。育子の高校卒業の時に玄関先で撮った写真です。あなたが一番気に入っている写真です。ちゃんと育子は覚えていました。

間もなくかぼちゃかと見紛うような丸顔の恰幅（かっぷく）のいい導師が、その息子と思しきやはり丸顔の僧侶を伴って入って来ました。斎場は水を打ったように静まり返っています。やがて鉦（かね）と木魚が鳴り、長い読経が始まりました。導師の喉を押しつぶすような野太い声が斎場に響き渡ります。その間、ほとんどの方が俯（うつむ）き、合掌して聞いています。もしかしたらあなたとの思い出を清算しているのかもしれません。

読経が一段落すると焼香が始まります。喪主である夫が真っ先に焼香します。そしてまた読経の声。ほら、見えますか。会葬者の中に藤崎留美子も来ていますよ。彼女も目に涙を溜めています。ちゃんとあなたに合掌しましたよ。焼香に来た一人ひとりと変わりなく、あなたは遺影の中から彼女にも丁寧にお辞儀をしているかのように見えます。

やがて参加者全員の焼香が終わると、あなたは棺の蓋を開けられ、会葬に来た人たちといよいよ最後のお別れをするのです。ほとんどの方々はあなたの顔を見ずに会場を出て行きます。親族の人をはじめ残った人々はあなたに合掌し、飾られた花を摘んでは棺の中に入れてやります。あなたはたちまち花に埋まってしまいそうになります。色とりどりの花に囲まれてあなたは幸せそうでした。周囲の人たちもしばし悲しみを忘れて見惚れてしまったくらいです。葬儀屋がお別れをしている人たちの中に分け入り、周囲をそれとなく気遣いながら棺の蓋を閉じました。そして蓋に釘が打たれるのです。葬儀屋に促されてあなたの夫が石を手にして打ちます。トントントンと胸を貫くような痛々しい音が斎場に響きます。夫の次に育子が打ちました。その後は親戚の者たちが次々に打ち、最後に葬儀屋がハンマーで全部打ち込みました。あなたはその瞬間、この世から遮断され、霊柩車に乗せられて斎場の玄関で最後の見送りを受けて火葬場へ行くのです。

あなたが向かった火葬場は街を横切って山の方へ五キロほど走った場所でしたが、まるでホテルのような近代的な建物になっています。ひと昔前の暗いイメージはありません。あなたもご存じかと思いますが、父の時はどす黒く汚れた板壁の、遠くから目にしただけでも髪の毛が逆立たつような不気味さを感じたものでした。

あなたの焼かれる炉は十二番炉です。読経の後、係員が台車に乗せたあなたを曳いて炉の前に移動します。あなたの姿はもう外からは見えません。ですからあなたを見送る人たちは棺に向けて無言で合掌します。あなたの姿はあと二時間もすれば骨と灰になってしまいます。あなたはすでに人間ではなく、仏になったのですから姿を残しているわけにはいかないのです。あなたは係員の手で潔く炉の中に消えて行きました。

生きている人間は薄情です。あなたが焼かれている間、酒やビールを呑み、お菓子や果物を食べながら待つのです。もう涙なんかありません。厄介物が片付いたと言った感じです。待合室の明るい雰囲気がそうさせるのでしょうか。笑い声さえ聞こえます。

二時間経つと場内放送がありました。スピーカーに促されて待合室からぞろぞろと歩き出した人たちをあなたは十二番炉の後面で係員と待っていました。すでにあなたは骨と灰です。まだ熱気をたっぷりと含んでいます。生きている人たちはあなたの骨と灰を興味深そうに見つめています。あなたはちょっぴり恥ずかしそうです。ノドのあたりの骨が少し黄色味を帯びているほかは石膏色をしています。そうそう、あなたの枕元に林芙美子の文庫本が置かれていたはずですが、もうすっかり灰になっています。でも、あなたならきっと読めるでしょう。仏になったのですから。

あなたはすっぽりと骨ツボに収まりました。随分と小さくなったものです。やがてあなたは蓋をかぶせられ、白木の箱に入れられます。あなたは窮屈そうです。出しておくれ、と叫んでいるようにも聞こえましたが、出してやるわけにはいかないのです。もうあなたはこの世の人ではないのですから。と同時に、魂である〈私〉はあなたから離脱してあの世をひとり歩きするのです。あなたに代わって〈私〉は無限の世界でたくさんの方々と生きることになります。ええ、生きるのです。

あなたはこれから親類の者が運転する乗用車で家に帰るのです。夫は疲れたと言わんばかりに背中をシートに凭れかけて目を閉じています。あなたのことを想念に浮かべているようには感じられません。きっと藤崎留美子のことを想っているのでしょうか。あなたの遺影と位牌は育子が持っています。遺骨も、です。あなたの戒名は「鶴誉光室當照大姉」と名付けられました。いやいや、これはあなたの魂を引き継いで浮遊している〈私〉の名前でもあるのです。覚えにくい名前ですが、そのうちあなたも〈私〉も「鶴ちゃん」とでも呼ばれることでしょう。覚えていますか。林芙美子の「魚の序文」の中の詩にあるように、あなたは鶴となって舞うにふさわしい名前をいただいたのです。きっと育子も寂しさまぎれにあなたと同じように片脚の鶴と一緒に誰もいない部屋で無言の舞いを涙ながらに繰り返すにちがいありません。

鏡の中

花島真樹子

〈著者紹介〉
花島真樹子（はなしま・まきこ）
——昭和八年東京生。
季刊「遠近」同人。
著書
——『忘れられた部屋』（二〇一七年　鳥影社）

先刻、買ったセーターとスカートがいくらだったか、という思いが、頭の中を去来するのを、まあいいか、と、ふり払い、あかねはいくつかの紙袋を手に、デパートの駐車場に急いだ。

腕時計に目をやると五時、六時半には夫の五郎が帰宅する。今日は残業なしの日だ。週のうち三日はノー残業デーらしい。残業のある日でも八時には帰ってくる。課長補佐という立場の夫がそういうことを決められるのかどうかはわからないが、彼は極力そうしている。夫はこの町の市役所に勤務する地方公務員だ。まるで郊外中都市の市役所職員になる為に生まれ育ったような人である。

あかね自身、年に何度か用事で市役所に出かけることがあるが、どの課の職員も夫世代は、いかにも市の職員、という、一見そつがなく、信用出来そうで、だが可もなく不可もない無表情な空気に覆われているように感じてしまう。多分、夫のように一度会ったぐらいではほとんど記憶に残らない、そんなタイプが多いのではないか、というより、そういう色合いに染まらないとやっていけないのかもしれないとかねがね思っている。

夫との結婚は、あかねにとって実にタイムリーであったというべきであろう。十年前、学生時代から付き合っていた男が、勤務先の上司の娘と突然結婚するという、よくあるパターンに遭遇した。当然、彼と結婚という先行きを考えていたあかねにとっては、人生をまるごと奪われたほどのショックであった。もう立ち直れないと絶望のどん底にいたとき、「元気をだして」と親しい友人から食事に誘われ、五郎を紹介されたのである。

きちんとスーツを着こなし、いくぶんやぼったく「初めまして」とかたくなって挨拶する五郎は、あかねより一歳下だが、若者特有の軽薄さはまるでなく、実に真面目そうで平凡であった。それは年月を経た今もほとんど変わりない。

第一印象から好きでも嫌いでもなかった。あかねにとってそういう対象になるような男ではなかったのである。けれど、結婚するにはこういう男がいいのかもしれない、とささやく声が頭の片隅で聞こえた気がした。それはいくぶん、なげやりな気持ちになっていたあかねの気持ちの隙間から、風のように吹き込んできたように思えた。

自分を捨てたかつての恋人へのような切ない感情などと、まるで無縁なタイプであったが、ともかく、あかねは五郎と結婚したことを後悔はしていない。かといってよかったという満足感もない。あかねの自覚としては、彼と結婚したからこそ今のような生活が可能なのだ、もっと優秀で職場での昇進を望むような男だとしたら、妻の一挙一動に、もっと目を光らせているかもしれないだろうと思う。

あるいは彼との結婚に充足感がもっとあったとしたら、どうなっていただろう、考えても仕方ないが、多分、今のような生活はしていないかもしれない。あかねはふっとため息をもらしながら、両手の紙袋の重さを確かめる。

車のトランクを開け、紙袋をいれながら、すべりだした包装紙の中身に思いいたる。カシミアのセーター、たしか三万五千円、そして、おそろいのスカート、二万三千円。年末の華やかな装飾をほどこした売り場で、深々と頭を下げて、とてもお似合いですよ、にこやかに手渡してくれる店員にたいし、ありがとうと、優越の笑みを鷹揚に浮かべる自分の姿が目に浮かぶ。

帰宅するとあかねは、食品売り場で買ってきた惣菜類をキッチンへ運び、気もそぞろに納戸へ向かう。五畳ほどのスペースの両側には、びっしりと洋服がぶら下がっている。他に大型の整理箪笥、中身は引き出しが閉まらないほど、セーターやブラウスが詰まっている。

あかねは買ってきた紙袋からワインカラーのセーターとスカートを取り出し、等身大の鏡の前で着替える。そこには自分が思い描いていたのとはほとんど変わりないわが身の姿がある。むしろデパートで試着した時より、納戸の中が薄暗い分、アラがかくれてみえる。サイズは7、昔とほとんど変わらないし、ウェストラインはまだ充分に魅力的だ。

彼女は鏡にむかってにっと微笑んでみせる。さらに角度を変えてもう一度。そして左右当分にあちこち身体をひねって検分してみる。これでよし、うっとりとする。この瞬間の快感はなにものにもかえがたい。あかねはアルコールをたしなまないが、きっと上等なワインの酔い心地に似ているのかもしれないと思う。いや、それ以上かもしれない。あかねは鏡の前にいつまでもたたずみ続ける。

気が付くと窓の外はすでに暗い。ひやりとした納戸の空気が身にしみはじめると、うそのように高揚感が醒めてくるのがわかる。さてと、この服は来週のフランス語教室の忘年会にでも着ようかと思いながら、あかねは洋服をぬぐと、無雑作に定価表を切り取り、スカートとともにハンガーにかけ、びっしりとかかっている洋服の隙間に押し込む。スカートの裾がよじれているのにも気づかない。

冷え切った居間にあわててエアコンのスイッチを入れ、キッチンで夕食の支度にとりかかる。デパートの地下食品で買った惣菜ばかりだから手間はかからない。作るのは味噌汁だけでいい。

目の前の五郎は黙々と箸を動かしている。二人とも無言だ。いつも感心するのだが五郎は、ほとんど音をたてないで食事をする。だから、あかねも静かに箸を動かす。もの心ついてから、彼女は家庭のにぎやかな食卓の団欒をほとんど知らない。家族というものが想像つかないし、テレビドラマもうそくさいと思っている。

十二月の日は短く、まだ夕刻といえる時間なのにキッチンの窓の向こうは夜の闇だ。あかねがカーテンの隙間からのぞく、小さな星のひとつに目をやっていると、

「そろそろ車検だな」

ふとおもいついたように五郎が言う。

「そうね」

「どうする、また新車にするのか?」淡々とした口調だ。

「ディーラーに電話してみようと思っていたの」

電話すればかならず新車を勧められるのはわかっている。電話などしなくてもカタログを持ってやってくる頃なのだから。

車はほとんどあかね専用といっていい。五郎はバス通勤である。もっとも車を買う金は全額あかねが出す。だからというわけではないだろうが、夫は休日もほとんど車の運転はしない。

彼女が結婚した年にあかねの父親は病死し、一人っ子のあかねにかなりの遺産を遺した。

四度結婚した父親は死んだ時、もっとも一度は正式ではないが、四度目の継母にいくばくかの遺産を遺したようだが、あかねに比べればずい分と少なかったらしい。

まだ若かった継母は、九州の由布院で兄夫婦が営んでいる温泉旅館の実家にもどった。二度ほど年賀状が来て旅館経営の手伝いをしているということがわかっている。

「今度、その温泉に行ってみない？」

五郎をさそってみたことがある。

「今更、そんなところまで会いにいっても、しょうがないだろう、もっとも会いたいというなら行ってもいいけど」

「別に、ただちょっと興味があったの。考えてもみてよ、自分の父親が四度も結婚したなんて不思議じゃない？」

わざと軽い口調で言った。

「お父さんなりに理由があったのだろう、まだ若かったし、家事をやってもらうひとだって必要だろう」

「父親が私のことどう見ていたか、あの人の目から聞いてみたかったの。たとえば、まるで関心がなかったとか、あるいは邪魔だったとか」

「今更、あれこれつついて事を複雑にしない方がいいと思うけど」

と五郎は言う。なんといっても彼は事なかれ主義なのだ。

あかねは黙った。

母親はあかねが六歳の時、病死している。父親はすぐに再婚した。新しい母親がきてから、今まで病気がちだった実母の代わりに、健康で陽気な継母が家の中心に存在し、あかねの生活はすっかり変わってしまった。

継母はあかねの好きな料理や、セーターを編んでくれたり、と気を使ってくれるのだが、あかねはなじめなかった。死んだ母親がいつも座っていたソファに継母の姿を見ると、心のなかで悲鳴が聞こえ、逃げ出したくなる。だんだんと口数の少なくなるあかねに、父親も継母も困惑した。

だが、あかねから見れば、なにかの折に、お父さんに聞いてもらおうと、顔を見上げても、父親の顔が見えなくなっている。父親はどこにもいない。

いつまでもなついてくれないあかねに継母は嫌気がさしたのだろうか、それとも他の理由からか、父親とは三年で離婚。以後、何人かの女性が家に出入りしたが、あかねの心は徐々になにも感じなくなっていった。むしろ表面上は愛想よく接することが出来るようになった。成長したからというより、何も感じないように、心の奥深くを凍らせるすべをおぼえるようになっていたのかもしれない。

父親への思い、五郎と結婚して十年近く経った今、それはかなりの部分、自分のなかで溶解した、ずっとそう思っていたし、ある面それは事実でもある。

が、きっかけは父親の死。ほとんどの遺産を自分に遺してくれた事実。それはあまりにも唐突な気がした。何人もの女の人と暮らしたのに、なんで私なの？　つぐない？　まあわからなくはないけれど。


ずっと昔から、あかねは鏡を見るのが好きだった。

母親が使っている三面鏡。じっと見つめていると、鏡の奥には別の世界が果てしなくつづいているように思えた。空想という幸福感に満ちあふれている世界。彼女は時を忘れて鏡の中の世界に踏み込み、そして酔いしれた。

ある冬、東京に大雪が降った。あかねが見つめている鏡の中には庭の一部が映っていて、一面の白い幻想あふれる世界がある。惹き込まれるほどの美しさであった。

あかねは買ってもらったばかりの赤い長靴をはいて庭に飛び出した。けれど、実際の雪は冷たく重く歩くのもままならず、雪の中で身動きできなくなってしまった。半泣きになっているあかねに、母親が出てきて「バカね」と言いながら助け出してくれた。その時母親の温かい息が頬をかすめた。

なんて温かい、と思った。その記憶は鮮明にあかねの脳裡にやきついて離れない。大人になってからも、あれは、母親が自分にそそいでくれたかけねなしの愛、自分が今までに知った、数少ない愛の確かな証拠ではなかったのか、と思う。

五郎には自分の思いの一端すら明かすわけにはいかない。彼はいいひとだ。でも自分とは天と地ほども離れている気がする。多分、彼には理解はできないだろう。けれど、今のような思いの一端なりを吐露したとすれば、彼なりの誠実さで、

「きみは色々考え過ぎるんだよ、お父さんだって充分にあかねのこと心配していたのだろう。なんといっても実の親なんだから」

と慰めてくれるにちがいない。

そんな言葉は無意味だ。もしそう言われたとしたら、自分は五郎をますます遠いものに感じてしまうだろう、とあかねは思う。

けれど、渇いた心が水を求めてやまないように、遺されたお金をあかねはなんの考えもなく、使いはじめたのである。買い物は好きだった。特に必要もないのに洋服や装身具を買いあさった。その日に使った金を計算した時など、あまりの浪費に自己嫌悪をおぼえることもあった。だからなるたけ計算しないことにしている。

自分がどうしてそんな衝動にかられるのかあかねにはわからない。ただただそうしたかっ

たのである。食べても食べても満腹感を得られない胃袋の持ち主みたいに。

あるいは彼女の奥底にひそむ強烈な変身願望かもしれない。今の自分はいやだ。小さくてもいいから幸せという卵をかかえた別な人間として生まれ変わりたい。そんな切望が、持って生まれたみずみずしい若芽をいつのまにか枯らし、その願望が異質の芽となって、荒々しい欲望で彼女を突き動かすのかもしれない。

けれど、そんなあかねの浪費衝動に気づきながらも、五郎は特になにも言わなかった。


「新車がきたら、どこか温泉にでも泊まりにいくか」

あかねは一瞬不思議そうに夫を見た。自分からそんなことまず言わないひとである。

「いいわよ」あかねはどうでもよかったが、そう返した。

「箱根か、伊豆あたりがいいか」

「雪のあるところがいい」

あかねは自分の言った言葉にちょっとびっくりしていた。なんの脈絡もなく、鏡の中の、あの雪の日が思い浮かんできたのである。

「雪？　きみはスキーしないだろうが」

五郎は不審げである。

「五郎さんがすればいいじゃない」

彼のスキーの腕はまずまずのようだ。彼は市職員でつくっているスキーのサークルに所属して、冬季の休日にはあかねをともなって出かけることがある。スキーに興味のないあかねは、それでも一応流行のウェアを着てホテルの内外をぶらついたりする。サイズ7の細い身体に派手なウエア姿、その華やかな装いは万事地味めの市職員の間ではいやおうなく目立った。

「きみは?」

「そうね、一日中、雪の山眺めている」

「退屈するよ」

「してもいい」

「雪道の運転は大変だよ」

「大丈夫」

人はなにか事が起こると、後になってから反省と愚痴半分に「あの時こうすればよかった……」とか「もしこうしていなければ……」などと振り返ることがあるが、この夫婦にしても、思えば、ごく当たり前なこの時の食事の会話が、運命を変えてしまうきっかけなってしまった、といえるかもしれない。

ひと月ほどして、濃い赤の中型車が届いた。
が、五郎もあかねも雪のある山へのドライブには行かなかった。というより行けなくなったのである。

八ヶ岳のリゾートホテルを予約し、五郎は「課長補佐が休暇とってまで、スキーに行くなんてめずらしい、もちろん奥さんと水入らずでしょう」などと課の連中にひやかされながら、結婚してほぼ初めて、遊びのための有給休暇を取ったのである。

出発の三日前、あかねは夫の出勤後、いつも通り鏡に向かって化粧をはじめたが風邪気味で身体がなんとなくだるい。簡単に化粧を済ませ、そのままぼんやりと鏡の前に座っていた。当然ながら、鏡の向こうには同じ光景が、奥の奥まで映っている。何故ともなくあかねはその場を離れがたくなった。見つめていると鏡のどこからともなく、なにかがあかねを包み込んでくるような気配。説明しがたいが透明な雲のようなもの、その雰囲気にからめとられてじっとしていた。映像がなんとなくぼやけてくる。

熱が出てきたのだろうか。ふと、そう思った。

いいえ、そうではない。雪が降ってきたのだ。鏡に映る窓ガラスの向こう、かすかに白く舞うものが見える。

あかねは立ち上がる。気分はわるくない。鏡台の引き出しから車の鍵を取り出し、厚手のコートを羽織り、バッグをかかえる。丁度いい。練習のつもりで雪の中を走ってみよう。車庫に入り、車のエンジンをかける。タイヤはすでにスタッドレスに替えてあるから大丈夫。頭の片隅でそうチェックしていた。

何処に行こうというあてはなかったが、あかねは北へ向かう高速道路にのった。雪は本格的に降りはじめていて、白い煙のようにあたりの風景を変えていく。ワイパーがせわしなく雪の粒を振り払う。道路は雪への装備なしの車両禁止のせいかすいていて、あかねはアクセルに力を集中しながら、スピードに気持ちよく身をまかせて走りつづけた。

いつのまにか錯覚にとらえられていたのかもしれない。あかねは果てもなく奥へ奥へと広がりつづける鏡の中を、気持ちのおもむくままに突き進む。

なんという心地よさ、もしかしたら、行きつけるかもしれない。それがどこかはわからないけれど、虹色の空想を夢見つづけた子供の頃と同じ世界へ。

前後には車の影はなく、というより、濃密に降りしきる雪に煙ってほとんど視界は不透明だ。まるで雪の原野をたったひとりで走っているよう。

気が付いた時は遅かった。目の前に山のようなトラックの黒いかたまりがあった。本能的にブレーキを強く踏んだ。高速道路や雪道での急ブレーキには注意、と知ってはいたが、そんなことを思う余裕などなかった。

　タイヤはあかねの意志に反してすべりつづける。すさまじい音と衝撃の瞬間、あかねの意識の片隅に見えたのは、狂ったように散る雪と、自分めがけて覆いかぶさってくる巨大な黒い屋根であった。

＊　＊　＊

　五郎が病院にかけつけた時、あかねの意識はなかったが、呼吸はかすかにあった。あと数時間が山でしょう、という医者の説明を聞きながら、五郎はＩＣＵのあかねの横たわるベッド脇にじっと腰をおろしていた。

　内臓の損傷と肋骨が何本も肺に突き刺さる重傷で、生きているのが奇跡という状態であった。さまざまな器具につながれたあかねの顔は、別人のように生気がなく、はた目からは生きている気配は感じられない。が、握っている手は温かかった。五郎は無意識にその手をさすっている。

　頼む、生きてくれ、必死に願っていた。願い、祈る、そうする以外にどうしたらいいのだろう、五郎にはわからない。長い時間そうやっていた。気が付くと、雪はまだ降り続き、あたりには夕方の気配がただよいはじめた。

ここは何処だろう、五郎は初めて気がつく。職場に警察から連絡が入り、同僚たちの驚きの表情もしり目に、気もそぞろに電車に乗った。ふたつほど乗り換えた。その間、なにも考えられなかった。祈りと後悔、そんな念が頭の中を錯綜していた気がする。そうだ、ここは茨城県のT市なのだ。

いくら運転の好きなあかねとはいえ、雪の中をどうしてこんなところまで来たのだろう、知り合いもいないはずだ、と思ったが、多分、彼女自身に理由を聞いたとしても、明確な答えなどないかもしれない、彼女の気持ちを推し量るのはむずかしい、ただ、そうしたかったのだろう、と五郎は思う。

その時、あかねの指先にかすかな反応を感じた。頭をすっぽり包帯で覆われているすぐ下のまぶたが、うすく見開いている。五郎はおおいかぶさるようにして、あかねをのぞき込んだ。

「ごめん、五郎さん」

酸素マスクのなかから、かぼそい声がそう言っている気がした。

「大丈夫だ、がんばれ」

五郎の声にあかねはかすかにほほえむ。が、やがて、ふっと目を閉じる。五郎はあせった。

「生きてくれ、あかね、頼む」

にぎっている指がかすかに反応する。五郎は必死だった。すでにあかねの回復が望めないことは察知していた。だからかもしれない、

「聞いてほしい、あかね」

彼は自分自身に言い聞かせるように、ゆっくりと話し始める。

「十年前、きみとぼくが初めて会った時のこと、おぼえているかい？　あの時、ぼくはきみがとてもまぶしかった、それまでの自分にはまるで無縁な華やかな女性だったからだ」

あかねに反応はなかったが、彼にはあかねが聞いているという確信があった。

「それでいて、なんというか、とても可哀想な気がした。まるで迷子になって途方に暮れている子供みたいに感じたんだよ。このひとをなんとかしなくてはならない。頭のどこかがそう強く意識していた。きみを守りたい。だが、問題はきみだった。この女性がぼくに、関心を持ってくれるだろうか、いや、期待しない方がいい、という不安と諦めがあった。けれど、きみがぼくと結婚してもいいと、わかった時、がらにもなくガッツポーズをした、きみを幸せにしようと心に誓った。本当に嬉しかった」

五郎は必死に話し続ける。

「だが、あとはきみも知っての通りだ。ぼくはきみと暮らしながら、幸せだった。にもかか

わらず、きみの行動を横目に見ながら、なにも言わなかった。

きみがデパートにでかけ、必要もないのに際限もなく洋服を買ってきては、納戸にしまい込むだけの行為に、それをいさめる言葉もかけなかったんだ。

なんとかしなければならないとは思った。でも、きっとぼくの気持ちの奥底には、きみに嫌われるのではないかという臆病があったんだ。忠告してきみに嫌われるのがこわかった。お父さんの遺産を、きみがどう使おうがいいではないか、そんな言い逃れが、ぼくの脳裡をよぎる。

すまない、ぼくは勇気のない、意気地なしの駄目男だった。もっとまっとうに、そんな退廃的なことをしてはいけないと、真剣にきみをとめなくてはいけなかったのだ」

あかねの閉じたまぶたに、うっすらと涙がにじみ、ふりしぼるように声を出した。聞き取るのはむずかしかったが、五郎には理解できた。

「うれしい、今まで誰も言ってくれなかった。ありがとう、五郎さんといつまでも一緒にいたかった。ごめんね」

それは酸素マスクを曇らせるだけのささやき声であった。

やがて、あかねの指先が徐々にゆるみ、五郎の手からすっと離れた。

五郎はそのままじっとしていた。

遅かった。あかねを幸せにするどころか、守ってやることも出来なかった。五郎は今、実感していた。もっとあかねを両手で抱くように理解してやれたとしたら、これは推測でしかないが、彼女は雪の降りしきる高速道路を、あてもなく走り続けるなんてことはなかったかもしれない。

納戸にあるあの膨大な衣服類、あれは三十数年を孤独の淵に生きたあかねの記録だ。手を通したのは半分にも満たないだろう。買っても買っても心の平安を得ることはかなわず、ますます深く絶望へとのめり込んでいったのかもしれないあかね。

五郎は、事故の激しさにもかかわらず、今、目の前で眠るように逝った妻のやすらかな顔を、いつまでも眺めていた。

＊　＊　＊

あかねが死んでから一年が経った。その間五郎は六キロ痩せた。もともと中肉中背の彼にとって、その痩せかたは、はた目にも目立った。自分から病院に行って検査を受けたが、血圧がやや低いという程度で異常は見つからない。

同僚や上司が、心配や、おせっかいやらで、そろそろ再婚をと、何人かの女性を紹介してくれた。五郎はその都度、素直に従って、会ったり、また何回かデートに発展したりしたが結婚はしなかった。結婚してもいいと思った女もいたが、ふみきれなかった。

あかねを忘れられなかったからではない。彼女と暮らした日々の記憶は当然のことながら薄れつつある。五郎は壮年の男だ。色々な意味で一緒に暮らす女性は必要だと考えている。

だが知り合った女性のたいがいは、子供の頃から順調に育ったいかにも明るく素直で、いくぶん幼稚な普通の女たちであった。たとえば、陽の当たる場所を二人で歩いても、地面には彼女の影だけがうつらない、影などない、といった、そんな透明感のある女性たちである。

それは当たり前のことだと五郎は思う。なにも自分と一緒にならなくとも、いずれ、いい男性に恵まれるにちがいない。ひがみではないし、また、自分があかねの記憶を引きずっているわけでもない。世界は日々変化していくのだから。

いちばん最近に出会った、ひな子という女性、名前のように可愛らしく、三十歳を少し過ぎたばかりだが、未亡人であった。彼女とは映画を一回見、三回ほど食事をした。

「彼はね、クラシック音楽が好きでね、大学でも同じサークルだったの」

「進行性のがんでね、入院してすぐに亡くなった」

ひな子は無邪気に亡夫のことを五郎に話した。

五郎は全然気にならなかったけれど、自分の方からあかねのことは、聞かれないかぎり、口にしなかった。聞かれれば、サイズ7のほっそりした妻だった、と、ごく表面的なことだけを話した。

あかねの記憶は徐々に消えていくけれど、何故か、彼女の残した影だけは、これから先、自分の身体の一部としてかかえていかねばならないのだろう、という思いから逃れられなかった。

ある金曜日の夜、ひな子と食事をした。

「何を考えていらっしゃるの？」

食後のコーヒーを飲みながら、屈託なく問いかけるひな子を前にして、五郎は胸の奥からこみあげてくる熱い思いを、そっと飲み込むのであった。

食事中のワインで頬を染めたひな子は、その場で抱きしめたいほど魅力的であった。

「ねえ、今からお宅にご一緒してもいいかしら？」

五郎ははっとした。自分でも意外なほど、熱い気持ちが一瞬にして醒めていくのがわかる。こんな溶けるようなまなざしで見つめてくる女を前にしてなんていうことだろう。自分の気持ちの変化にわけもわからず困惑しながら、それでも礼を欠かさない程度には笑みを絶やさないで、

「すみません、今日はちょっと……」

歯切れの悪い返事をした。

ひな子はうつむいた。五郎は悪いことを言ったと思ったがどうすることも出来なかった。自分ではないなにものかが言った気がした。

なんでこんな時に、と思ったが、今、五郎の脳裡を占めているのは、納戸に詰まったあの膨大な洋服であった。あれらの洋服類を誰にも見せてはならない。あかねの記憶は薄れつつあるが、サイズ7のあの洋服のすべては彼女が確かに居たという証しなのだ。五郎の心の片隅でかすかな声が「忘れないで」と執拗(しつよう)にささやいている。


結局、五郎は誰とも再婚しなかった。

そして、日々、薄皮がむけていくように痩せ細っていく。医者にも原因はわからなかった。歳は若いけれど、老衰に似た症状だとも言われた。

あかねが死んで三年が経った春、テレビの画面には満開の桜が連日のように写しだされていた。五郎の家の近くにもソメイヨシノの桜並木がある。その並木道を通って五郎は毎日通勤をしている。

その年、五郎は、三百メートルほどの桜通りを駅まで歩くのがおっくうなほど、体力気力が落ちていた。桜は見事に咲き誇り、その華やかさに五郎はひどく疲れた。無数の花々が自分をめがけて押し寄せてくるような気がするのである。

　桜の季節が終わったある日、五郎は役所を無断欠勤した。

　勤続以来、無断欠勤など一度もしたことのない五郎である。特にその日は、五郎が会議で、今まで討議してきた企画のまとめを報告しなければないない日であった。不審におもった同じ課の同僚が、五郎の家に何度も電話を入れたが、携帯電話ともども、なんの応答もない。

　課の何人かが、夕方、彼の家を訪ねた。玄関の鍵はしっかりかけられていたが、近所の人の立ち合いで鍵を壊して家の中にはいった。家の中はしんと静まりかえって、ひやりとした空気が寒々と肌を刺すようであった。一通り家の中を探した、風呂場、トイレにもいない。不思議に思いつつ、やはり留守にしているのか、と全員が釈然としない気持ちのまま家を出ようとしたとき、

「あれ、あそこ……」だれかが立ち止まって言った。

　指さす方向に全員が目をやると、薄暗い廊下の奥に派手な色合いの布地が引き戸からわずかにこぼれ落ちているのが見えた。戸棚だろうと、誰もが見過ごしてしまった納戸の入り口であった。

　引き戸がわずかに開いている。戸を開けてみて、全員が息をのんだ。一挙に華やかな色彩

の山が目に飛び込んできたのである。一瞬、なにがなんだかわからなかった。ひとりがそっと布地をかきわけながら、ひときわ盛り上がった衣類のかたまりをのぞきこむ。

あっ、と言ってそのかたまりに向かって仲間が驚愕の表情を浮かべたのをきっかけに、みんながおそるおそる寄ってのぞく。

五郎が衣類にくるまれて眠っている。安らかな顔をして、ぐっすり眠りこんでいた。いや、そうではない、眠っているわけではなかった。死んでいたのである。かすかな微笑みに包まれ、いかにも静かな死の表情であった。

昭和者がたり、ですネン（二）

土井　荘平

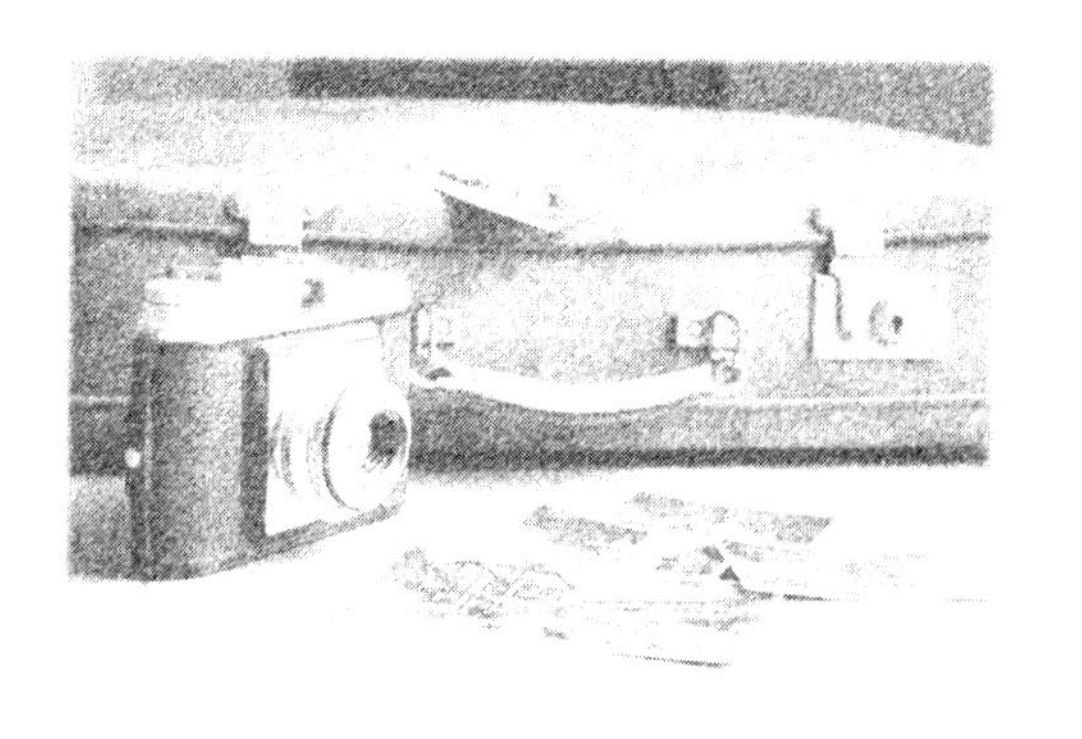

〈著者紹介〉

土井 荘平（どい・そうへい）

昭和四年、大阪生まれ。現 神奈川県在住。
「青い春、そして今晩秋」で第二回鶴「シニア文学大賞」受賞。
元「煉瓦」同人、現「文学街」同人。

著書
『青い春、そして今晩秋』
『関西弁物語・上方ばなし』など。

（初出　季刊文科七十三号）

★一枚の写真

どこへしまいこんだんやろ。

引っ越して来たばかりのマンション、２Ｋのあちこちに置いたぁる、引越し屋のカートンや、箪笥の中なんかも探したんやけど、みつからへん。

三十何年も昔の天神サンでの結婚式、チュウよりも同棲記念の御祓いとでも言うほうがエェような二人だけの式の後、通りすがりのひとに頼んで撮ってもろうた夫婦の平服の写真、満開の桜の下での写真、結婚式の写真なんてあらへんワシらにとって、ドレス姿や日本髪の打ちかけ姿や無うても、たった一枚だけの大切な写真のはずやった。

まるっきり環境の違う家庭で育った二人で、彼女はちょっとした商人の娘で、その親は、娘が貧乏長屋に住む職人の子倅といっしょになるのを渋った。

無理もオマヘン。ワシの父親は、家では酒ばっかり呑んどりました。ガッコ（学校）出たワシは、それが嫌でサラリーマンになって家を出て、間借りの独り暮らしをしとりましたんやが、調べたらすぐわかりマンガナ、そんなことは。いっぱしの商人やった親が娘をやるのに躊躇(ちゅうちょ)したんは当然ですわなあ。

ある日、娘は家を出てきよった。思い詰めた顔でワシの部屋へ入ってきよった。

その次の日に、行ったんですゎ、天神サンへ。

「あの写真、知らんか」

と嫁ハンに訊いてみたんやが、

「どの写真?」

と、アイソ(愛想)ない。

「ワシの机の上に立てたったヤツやがな」

言うても思い出しよらん。

そうか、嫁ハンにとっては、あの写真も、もうそんなもんになってしもうたんかと、

「まあええけど……」

ワシの声も尻すぼみになってしもうて、

(ほら、いっぺん目の引越しのとき、夜逃げ同然にあわてて引っ越したとき、机の上から落ちてガラスが割れてしもうた、あのフォト・スタンドに入ってたヤツやがな)

喉もとまで出掛かった科白(せりふ)を、口には出さんと呑み込んだ。それを言うたら、あの時の話

になるやろ。

つまり、ワシがバブルに有頂天になってて嫁ハンの心配にも聞く耳持たんとイチビって、本業以外の不動産に手ェ出して詐欺まがいのことに引っ掛かり、脱サラして嫁ハンと二人三脚でヤットコサ築き上げた会社をパーにしてしもうた、せっかく建てた家も失うてしもうた、あのときのことを嫁ハンはまた言い出しよるやろ。もうあのときのことなんか聞きとうもない。自分から言うのはエェねんけど、ひとからは言われとうない。

とりわけ嫁ハンに言われると耳が痛い。痛すぎるさかい、突然お膳をひっくり返すようなこと、してしまうんチャウかと、言うのを止めにしたんですゎ。

まあそれはともかくとして、あのときからウチのオバハンのワシに対する気持ちが変わりよった、チュウことは、気ィついてたんやけど、あの記念の写真に対する思いも変わりよったんか。そんなサブーイ（寒い）思いになりました。

あれから、ガラスの割れたままで、その写真をまた机の上に立てて、もういっぺん再起してコマシたる、といろいろやってみた年月がおました。

そやけど、やることなすこと、うまいこと行きまへんでした。

とどのつまりは年金をもらえる年齢になってしもうて、もう諦めました。

その間に、あの写真のことなんかも忘れてしもうた。

机の上から消えて無くなったんが何時やったんかも、まるっきり覚えがおまへん。

新婚当時の昔を振り返るチュウような余裕なんてあらへんかった。

その気ィばっかり焦ってただけで、てんてこ舞いしてただけやった年月は、また同時に、あれからオバハンも外へ働きに出るようになって、その収入に助けられてどうにか子供たちも育ててこれたチュウのに、そのオバハンのことを思いやったりなんてせぇへんかった年月でもあった、チュウことですかいなぁ。

どうやら子供たちも独立しよって夫婦だけの暮らしになって、もうちょっと安い家賃やないと、もう仕事の無うなってしもうたワシの年金と嫁ハンのパート収入だけではシンドイと、二へん目の引越しをしたんですわ。

引越し荷物の整理は嫁ハンがしたんやが、なんぼガラスが割れてるいうても、まさかあの写真そのもんまではホカさへんやろ。

そう思うたんやけど、そんな考えは甘かったかもしれん。

フウッと淋しい思いがし、それから、その淋しさが次第になんと無う血の気が退いていくような気に変わって、ふと行く末が怖いチュウような想いになった。

ホンマ、ひょっとしたら、写真どころか、どこかでワシそのもんがホカされるんチャウやろか。

なんせ、嫁ハンはまだピンピンしてるのに、ワシのほうは足腰にガタがきてしもうてて、あっちも痛い、こっちも痛い。もういつなんどき何があってもオカシュウない身体ですゎ。コロッとイッてしまえばええけど、ひょっとして寝付いてしもうたりしたらエライコッチャ。ホカされへんかってもネチネチいびられるんとチャウやろか。

オバハン自身が自分の年金をもろうて独りでも食えるようになったときが怖いんとチャウやろか。そんな気にさえなったんですゎ。

なんせ嫁ハンからの突然の三行半（みくだりはん）チュウのが、流行ってるやなんて聞きまっさかいなあ。

ところで、なんでその写真を探してたんかというと、同窓会の会報に近況報告を書く順番が回ってきたから書いてくれチュウ、幹事からの手紙が来てて、はじめはこんな状態のワシに、何を書けチュウネン、と逡巡（しゅんじゅん）したんやけど、今に見とれぇ、エェカッコできるようになってから書いたるゎ。とは、思いとうても思えんこの年齢になって、今更逃げてみてもシャアナイ。いっそ七転び八起きや無うて、七転び八倒れ、七転八倒の、泡のような会社をつくり、泡のように消えてしもうた顚末（てんまつ）を、オモシロオカシウ書いたろやないか。ワラカシ（笑わし）たろやないかと開き直ったんは、それはそれで目立つやろ、チュウ裏返しのエェカッコシィやったんかもしれまへんが。

一緒に掲載する写真も添えて送れという要求に、あの写真がエェんチャウか。嫁ハンがキレイに写ってるのはあの写真が一番や。後年になってテレビではじめて大原麗子を見たとき、どこかで見た顔に似てる。そんな気がして、誰の顔やったかいなと記憶の襞(ひだ)を掻き分けてまさぐったら、ナンノコッチャ、あの写真の、よう撮れ過ぎてたウチのオバハンの顔に似てるんやと気が付いた。あの写真やったらまあチョットしたもんやと思いついた、チュウわけやったんやが、もうそのことも、嫁ハンに言いそびれてしもうた。言うても鼻で嘲笑(あざわら)われそうやと勝手に判断したんですゎ。

写りが悪い、言うて、アイツは嫌がっとった写真やけど、まあこれでもエェかと、別の中年になってからの旅行のときの写真を見つけて、それを送った。

案の定、送ってきた会報を見て、嫁ハンは、

「なんで、こんな写真、送るのよ」

ぶつぶつ言いながら立って行きよった。

ところがですゎ。びっくりしましたがな。戻ってきた嫁ハンは、手ェに、あの写真を持っとるやおまへんか。桜の樹の下のあの写真でんがな。

ワシは、ホンマに、アッと、座ったまま尻餅ついた想いになって、

「そ、その写真、あったんかいな。あったんやったら、この前、どこにあるって訊いたとき、出してくれたらよかったやないか。ボケ、カマさんと」

「あぁ、あのとき。ボケ、カマす、やなんて、ウチはそんなイケズ（意地悪）とチャウわ。この写真やなんて、はっきり言わへんかったやんか。こんなもんに載せるんやったら、言うてくれたらエェやろ。それをなんにも言わんといて、ウチの嫌いな写真、送るやなんて、アンタのほうがよっぽどイケズやと思わへん？」

口では負けるに決まってるワシは、そんなオバハンのジャブは無視した。というよりも、ジャブを打ち返そうチュウことなど忘れてしもうたほど、別の感慨に胸がキュンとしてしもうてました。

そやさかい声を落として、しみじみ言うた。

「そうかぁ、ホカしてぇへんかったんか」

「当たり前やないの。こんな大事なもん、誰がホカすかいな」

と嫁ハンは何の屈託もなく、久しう触らせてもろうたこともないさかいハッキリせんけど、両手で抱えてもきっと余るんやないかと思うほど大きうなったオイド（お尻）をデンと下ろして、テコでもここは動きまへんでぇ、とでもいうように鎮座ましました。

独りで相撲とってドナイスンネン。アホクサ。我ながら、ホンマ、笑わしよんなあ。は、口には出さずに胸の中で呟いたワシの独り言でおました。

なんやしらんけど、ちょっぴり甘い、ほのぼのした想いになってましたゎ。

目の前の、見慣れた、もうエェ加減くたびれたオバハンの顔が、あの遠い昔の写真のキレイな顔、大原麗子にそっくりの顔に見えて、振るいつきとうなりました。

えっ、あんたとこの嫁の、どこが大原麗子やネン。振るいつきとうなるやなんて、そんなエエもんかって。

そう言いなはんな。ウチのオバハンの生の顔に、とは言うてぇしまへんがな、あの写真写りの顔にそっくり、チュウてまっしゃろ。

もっとも、振るいつきとうなったチュウのは、感謝をこめた嫁ハンへの、今更カッコ悪うて面と向かうてなんか言われへんオベンチャラ（お上手）やいうても、六十をとうに過ぎた今、それを言うたらチョットいやらしい。イチビリ過ぎの言い過ぎで、もしホンマに振るいついたりしたら、
えぇトシして、あんた、ナニスンネンな。

とシバキタオサレルぐらいが、オチやろうけど。

なんて胸のうちで独り言しとりましたな、あの時は。

今私が、こんな十年以上も前のこと、思い出しておりますのは、もの探しをしとりましたときに、その古い写真をみつけたせいで、独り暮らしのテーブルの上に置きまして、しみじみ見ておるチュウ次第でございます。

独り暮らしはもうひと月になりました。

この一ヶ月、毎日の病院通いです。嫁ハンが入院しとるんですゎ。

男の独り暮らし、いうても、きょうび（今日日）楽になりましたゎ。コンビニ弁当があるし、たまにはご飯を炊いて、惣菜だけスーパーで買うてもよいんでっさかい、食うのに心配はオマヘン。ただ何をしても味気ないんですな、独りでは。

入院が決まった時には、まあテレビでも見てればいい、そう思うたんですが、独りで見るテレビは味気ない。お笑い見ても笑えまへん。テレビも、実は、二人で見とったんですなあ。

この十年、思えば、穏やかな毎日でした。

厚生年金チュウもんは有難いもんです。国民年金だけやったらチョットしんどいかもしれまへんが、厚生年金なら普通に暮らしていく分には不自由はオマヘン。

趣味のカラオケやゲートボールを楽しみながら、毎年、花見にも行きました。憶えてはいませんが、花見のときには、あの写真を撮ったときのことも思い出していたかもしれません。

毎日何時間もテレビを見て穏やかに過ごしてきました。

ふと、未来永劫(えいごう)に、そんな穏やかな暮らしが続いていくんチャウか、というような錯覚さえしていたような、そんなある日、嫁ハンがガンやと告知されたんです。

幸い早期発見で、手術を受けまして、今のところ転移も見つかっておらず、再発防止のための治療に入っております。

そやけど、抗癌剤の副作用はいろいろ現れておりまして、見ている私のほうが切ないもんがありまして、早く終わらないものかと終了までの月日を指折り数えております毎日でございます。

退院にはもう少し時間がかかります。今満開を迎えている今年の桜は見せてやれないなあ、と思いながら、ふと思いつきました。

明日、病院へ行く時に、この写真、満開の桜の下で撮った、この写真を持って行ってやろ。

★アホちゃうか

夜になってパートから帰ると、亭主は茶の間に寝そべっていて、

「お隣へ行ってくれたァ？」

「いや、男のワシが行くよりお前が行ったほうが角がたたんやろ」

「ナンデヤノン。文句言いに行くんとちゃうやんか。どっちのもんか分からん境界の塀が壊れたんやさかい、修理費用半々でどうですか、言うだけやないの」

サラリーマンといっても、三十年、毎日帰りが遅いもんやから、家のことは全部私がしてきたのよ。定年退職して、今はごろごろしてんネンさかい、それくらいはやってくれたらいいのに、という気持ちで見た亭主は、点いていないテレビの画面のほうを向いたまま、私のほうに顔を見せず、そうか、きっと行こうと思いながら気後れして行けなくて、私の顔を見るのが辛いのだと気が付きました。

なんちゅうアカンタレや。悪態をつこうとして思い止まり、アカンタレは昔からや、まあシャアナイなぁ、私は胸のギアをチェンジして、わざと廊下をドスンドスンと踏みつけて玄

関へ戻りました。

　サンダルを突っかけてお隣へ向かいながら、なんでこんな男、好きになったんやろ。見た目、ちょっとはハンサムで、一緒に歩いていても少しは晴れがましかったし、友だちに出会った時など、後ろへ隠れようとするのを、腕をつかんで前へ押し出して、主人やねん、と紹介するのも自慢めいた思いもありましたが、だからといって、好きで好きでたまらない、そんなわけでもなかった。先に好きになりよったんは向こうやった。それやのに私のほうから……。ナンデやったんや。

　勉強よりもソフトボールに熱中した高校を出て、ＯＬやって五年目、大学出の同い年が入社してきて、私の前に来るとオドオドしているアイツに気が付いた。

　だが、胸には自信があったけど、お尻は大きすぎるし、顔は十人並よりはちょっとは上、鏡を見ながら思い込もうとしても、男の目から見てどうだろうかと半信半疑でいた私だから、彼が気があるなんて半信半疑だった。

　そんな半信半疑がずうっと続いた。酔ったふりして送らせたりもした。半信半疑から開放されたくて何度もど真ん中へ投げてやったのにアイツはバットを振らない。ハーフスイングで止めてしまう気配だった。二人っきりのデートをオズオズと言い出すまで一年もかかった。それから、数え切れないくらいのデートを重ね、夜の公園へよく誘われて、いや誘ったのか、隣で生唾を飲み込む気配が何度もあったのに、手も握ってこず、やっぱり私は半信半疑のままだった。

あぁ辛気くさ、もうドナイカシテェ、ちゅう気になって私の方から言い出したのは、もう二十七にもなっていて、焦れてしまって、はっきりしないと前にも後にも動けない、と半信半疑から逃れようと思ったんだわ、というのは言い訳で、あんなハシタナイことを口走ってしまったのは、やっぱり好きになっていたということだったのかなあ。そやけど、「今日は、ウチ、このまま帰りとうない」とまで言って身体ごと詰め寄ったのに、アイツは、「あの、あの……」とうろたえているばかりで、私は女から言ってしまった恥ずかしさに耐えかねて、

「アカンタレ！」

アイツの身体を突き飛ばして背を向けた。振り返ってもみずに足早に歩き、私は、もう何がなんでも、アイツに跪かせてやる。目を吊り上げていました。やっぱり好きだとかなんだとかではなく、ただ女の誇りを取り戻したいばっかりにこうなってしまったのではなかったでしょうか。

「どうやった、隣」――「うん、うまく話、ついたわ」

ホレ見てみいな、楽勝じゃないの。そんなつもりの言葉を返したが、亭主は、やっぱり顔を向けず、テレビのスイッチを入れて、野球の画面がチラリと映ると、すぐまた消してしまっ

た。

「どうしたん」――「阪神が勝っとる。負けるのん見るの嫌やから消しとくわ」

「アホちゃうか」

点けようが消そうが勝ち負けに関係ないやろ。それにタイガースが勝とうが負けようが、どうやチュウノン、とくだくだ言いたくなったのに、言うより先に吹き出してしまったのは、実は、思わず口から飛び出した自分の言葉に、とんでもないことを突然思い出したからで、それはきっとさっきまで、なんでこんな男と一緒になったんやろ、なんて昔のことを考えていた流れ、やったんでしょう。

アカンタレ！　から一ヶ月以上も経って、ようやくプライドを取り戻せました。いつもの公園でした。

「ス、好きやネン」（分かってるわ、そんなこと。その先、早う言わんかい）

「ケッ、結婚……」してほしいと、みなまで言わさず、「アホちゃうか」

連れて行かれたというか、連れて行ったというか、ホテルの部屋、床に正座して、もういっぺん、結婚して、いただきたい。畏(かしこ)まったコイツに、いただきたい、やなんて、時代劇か。何をいただきたいんや、なんてショウモナイこと、思ってしまって、もういっぺん、「アホちゃうか」

そのときは、実は恥ずかしくて恥ずかしくて、ただもう恥ずかしくて、ほかの言葉を思いつかなかったのでした。

それから今まで、アホちゃうか、を何百回、何千回、この男に言ったでしょう。

一緒に暮らすようになってから、初めてそう言いたくなったのは、甲子園球場へ野球を見に行った帰りでした。タイガースのファンなのは知っていました。ヘエッ、赤の他人がやってることなのに、こんなに夢中になれるんだと、周りがみんな立ち上がっており、私も立たないと野球もくそも、なんにも見えず、前のオッチャンの尻を見ていても仕方がないのでやむを得ず席の上に立って、隣でメガフォンを振るコイツの横顔をしげしげ見ていたのですが、帰り道、まったく無口になって、「どうかしたん？」と訊いても、「いや、別に」とよそよそしく、私は、アホちゃうか、言いそうになりました。

阪神が負けたからって、なんでそんなに落ち込むのん。言いたくなったのを辛抱したのは、阪神電車の改札口へ誘導する柵を、思いっきり蹴飛ばして行く男たちを目にしたからで、一銭の得にもならんのにナンデヤノン、女には分からんけど、男いうもんはこんなもんなんやろかと思ったのでした。

後に阪神タイガースが優勝して、喜びのあまり橋の上からスッポンポンになって道頓堀（どうとんぼり）川に飛び込む男が何人もいたのをテレビで見て、オトコちゅうもんは、と呆（あき）れかえりました。

外見おとなしいウチの亭主の場合は、そんな気狂いじみたものが胸の内に籠(こも)っているということでしょう。

定年を迎えるとき、二度の勤めに出るのかと思ったら、誘いがあるのに断って、

「オレ、やりたいことがあるネン。年金で食えるやろ。暫く遊ばしてくれへんか」

「そら、かまへんけど、何すんのん？」

「ホシ、好きやねん」

「ホシ？　ホシって、あの空の星かいな？」

「ウン、その星や、まあ、ロマンやな」

ロマンって、あんたなあ、昔公園で、星が綺麗で、こっちは、ロマンチックな気分になりたくて、キレイなホシィ、言うたのに、空なんて上の空で、横目でウチの胸ばっかり見て、生唾ごっくん呑み込んでたくせに。そう思いましたが、なんとかいう星は何億年も昔の光やなんて、そんなことを調べたい、という話で、

「それ調べたら、どうなるのん？」――「別にどうもならへん。好きなだけや」

そやからロマンやなんて、ホンマにアホちゃうか。でも、その言葉を呑み込んで、「好きにしぃな。そやけど、ウチはパート止めへんよ」

そう言ったのは、別にアテツケではなくて、年金のほかに少しは実入りがあったほうがと、

素直に思っただけで、もう子供も巣立って二人だけの暮らし、出世はしなかったけど、どうにか定年まで給料を運んでくれて、あとは好きにさせてやろ。星かなんか知らんけど、夜空を眺めるくらいやろ。それなら、今まではテレビの前で一喜一憂しているだけで球場にはめったに行かず、気狂いじみているのは胸の内だけだったのが、トラ模様の法被（はっぴ）着て甲子園球場通いする、なんてことをされるよりはずっとマシやろ。実はそれを案じていたんです。もしもあんな格好してウロウロされたら近所の手前もカッコ悪い。ホッとしたのでした。

庭に、小さなドームをつくりました。彼の天文台でした。天井が開閉するのです。

へえー、そうしたらどう見えるの。私は訊きました。いや、別に変わらへん。気分ちゅうやつやな。アホちゃうか、言おうとしたが、呆れて言葉も出ませんでした。

アホちゃうか。アホちゃうか。言おうと思って止めたのは、その二回くらいしか憶えていません。ホンマに口癖のように、三十年、ポンポン、ポンポン、アホ！　アホちゃうか、アホかいな、アホやなあ。言ってきました。

出かけたと思ったら帰ってきて、「定期、忘れた」——「アホかいな」

廊下で滑って転んだのを見たとたん、「なにしてんのん、アホやなあ」

夜、アッという間に果ててしもうて、「カンニン」——「なんやノン。アホ！」

ある日の夜、珍しく帰宅前に電話があって、何かあったのかと一瞬心配したら、

「あのォ、結婚指輪、どこへ行ったか分からへん。洗面所で外したんや。気ィついて洗面所へ戻って探したんやけど、みつからへんネン」

帰ってから言ったら、私がドンナに怒り狂うかと、前もって電話してきたのだと思うと、ふとカワイクて、

「アホ！　もう離婚やな」——「エッ」

「浮気の時に外したんやな。サッサと帰って来なさい。言い訳、聞いてあげるから」

「アッ、あった。内ポケットにあったわ」——「あんたなあ、アホちゃうか」

そんなこともありました。

私があんまり連発するので、この言葉には彼も慣れっこになったようで、たいしたインパクトは与えんようになったようです。私の方も、実は、亭主よりは頭が悪いものですから、先制攻撃しようと思うと、ついこの言葉が出てしまうだけで、本気で言ってるわけではありませんので、それでいいのですが、聞き慣れた亭主の方も、出勤しようとして、「アッ、会社へ、サンダル履いて、行こう、してたわ。……アホちゃうか」などと、ボケて自分でツッコむ、いわば一人時間差トークを、同じ言葉を使ってするようになりました。ありふれたルール通りのトークですが、それでもその場の空気はフッと和みます。そんなことも、言えない男だったのです。習うより慣れろ、でしょう。私の、無意識の、反復教育の賜物でしょう。

口では私の連戦連勝ですが、頭では敵いません。きっと子供の頃からよく勉強してたのでしょう。ひそかに尊敬しています。シンラバンショウ、この言葉、学校出て以来初めて使いますけど、知らないことはないのではないかと思うほど、いろんなことをよく知っています。私が知らないことを訊いたとき、彼が答えられなかったことは、ついぞなかったような気がします。

頭はいいのに、出世は出来ませんでした。前へは出たがらない男なので、なんとなく分かるような気もしますが、それにしても、あのことが、一つの大きな曲がり角になったように思います。

その時、私は、アホちゃうか、とは言わないで、「バッカじゃないの」と、テレビで憶えた、東京風の言葉を使いました。そんな使い慣れない言葉を択（えら）んで使うほど、重大な、そして複雑な気持ちだったのです。

四十になる直前でした。外国への赴任内示を受けました。隣国との諍いが起こっていた国で、いつ戦争になるか分からない状況で、在留邦人は帰国したりしていたのですが、会社にとっては大事なプラントとかがあった国でした。もちろん単身赴任で、子供が学校へ行っている状態での留守を独りで守るのはちょっと心細かったし、そんな処へ行く本人のことも心配したのですが、「大丈夫よ」と尻を押すようなつもりで言い切りました。だけど、何日も考え込んでいた末に、断ってしまったのです。私の、許可、もナシにです。

私は、絶句して言葉を探したあげく、「バッカじゃないの」と言ったのです。

しばらく、ガッカリしたり、ホッとしたり、ややこしい気持ちでした。

当然でしょう。会社の内示を断るなんて、もう出世は諦めないとしょうがないでしょう。

でも心配はしなくてすみます。

ガッカリ、のなかには、やっぱり、アカンタレ、なんだ。怯(ひる)んだのだ。というガッカリもあったのですが、実は、この場合の彼のアカンタレには同情すべき事情があるのに気がついていて、それは彼の外国に対するトラウマみたいなものでした。

彼も私も、十五の時に戦争が終わりました。私は大阪で家を焼かれ、それでも高女から行かされていた工場へ勤労動員で通っていて、その工場であの日の抜けるような青空の下で、泣いていたのでしたが、彼は満洲との境に近い朝鮮の町にいて、そこから日本へ帰って来るのに三ヶ月もかかったいうことで、それでも父母と弟、一家で無事帰れたのは良かったのですが、その間、迫害されたりして、たいへんな目に遭うたらしいんです。そのせいで外国というと動悸(どうき)が激しくなったりするのを、結婚後すぐに聞いていました。それっきり何も詳しいことを言わない彼で、私もそのことには触れないようにしていたのですが、いっぺん外国旅行へ行こうかといった私に見せた彼の顔は尋常ではなかったのでした。

私は、シャアナイなぁ、ギア・チェンジして、私の、バッカじゃないの、に傷ついたのか、何日も俯いている亭主に、「ゴメンネ。もし何かがあったら子供を抱えてどうするやろう、考えてくれたのよね。ありがとう」

おおきに、と言わず、ありがとう、という、とっておきの言葉にしました。私たち世代のナニワの女は、おおきに、とは気軽に言えても、ありがとう、なんて、ふだんは亭主に言えません。

その、ありがとう、の効き目があって、一件落着。その夜は、子供を気にしながら、布団を噛んで声を忍ばせ、身悶えしました。

それに、私、身体も大きく気も強いのですが、女ですから、平和主義者なんです。ホントは、波風よりも、何事もない、穏やかな毎日に身を任せているのが、いいのです。所詮、女は、胸とお尻は大きいが、気は小さい生き物なんです。

だからその後は、亭主の出世などもう望みませんでした。何事もなく勤めてくれれば。子供が丈夫に育ってくれれば。それだけを願って、行け、アトム……、子供と一緒に歌って、テレビのマンガを見て、子供が寝ると、遅い亭主の帰りを待ちながら、独りで、日本女子のバレーボール、一人時間差攻撃の妙技に手を叩いたり、プロレス中継に興奮して思わず大声あげて、帰ってきた亭主に無理やりプロレス・ゴッコを挑んで、子供を起こしてしまったりしたこともあった日々でした。亭主も大過なく働いてくれたようで、おかげさまで、下町の長屋の借家からも脱出でき、中古ですが郊外のこの家も買えました。小さな家ですが、赤い屋根です。白い壁です。お庭があります。少女の頃憧れた、絵本の家のような、赤い屋根なんです。お庭にバラを植えました。犬も飼いました。

そうこうするうちに、天皇が亡くなりました。その年、手塚治虫も死に、子供の頃からその歌をいつも口ずさんできた美空ひばりも死にまして、「川の流れのように」を聴きながら、ふとこみ上げてくるものがありました。亭主も、「松下幸之助も今年死んだ」とつけくわえ、「本当に昭和のシュウエンだなあ」と、平成と元号の変わったその年の暮れ、テレビで「行く年来る年」を視ながら、私が字では書けない難しい言葉を使いましたが、当たり前やろ、昭和天皇が亡くなったんやから、と突っ込みもせず、私も、一つの時代が終わったんだ、という何だか切ない想いがあって、彼の言う、カンガイムリョウ、の涙を、止めどなく、こぼしていました。

もう息子も独立しました。娘も嫁ぎました。パートに行っているといっても、家計に困っているわけではないのです。幸せなんです。

幸せなんですが、ちょっと不満があるとすれば、隣近所のつきあいがよそよそしいことでしょうか。ザックバランなツキアイがないのが淋しいのです。人恋しいのです。パートを続けているのはそのせいもあるのです。
路地の長屋で育ちました。結婚後もそんな処にいました。隣との境界の塀のこと、長屋ですから塀などありはしませんでしたが、子供同士の喧嘩に首を突っ込んだり、ここの溝は誰が掃除するのかなんて、時には言い争ったりもしましたが、お互い本音で話したもんです。昨晩はガンバったの？　なんて話もしました。そんな路地が懐かしいのです。

　私、お上品でいるのがシンドイのです。お上品なここらあたりの奥さんと、上っ面のよそ行きな話をしていると、ナニよ、夜は声出して呻（うめ）いてるくせに、なんて、思ってしまうんです。そうです。私、声、出すんです。出したいんです。でも、ずうっと、布団噛んできました。そして、この頃は、布団噛むチャンスも失くなりました。構ってもらってないんです。このトシになって、恥ずかしいのですが、でも、私、まだ全然元気なんです。

　誰にしゃべっているのかって。誰にも言えませんよ、こんなこと。独り言です。日記みたいなもんです。しゃべる日記です。それはともかく、考えがそんなところに行き着いて、私は目下の一番の不満にやっと気が付きました。

　迫ってやろう。そう決心しました。彼はテレビを見ていました。阪神が逆転されたのです。落ち着いて画面を見ていました。私は、彼の背にくっつくように寝そべって、「ねぇ」と手を伸ばしました。

すると、彼はびっくりしたように飛び起きて、目を見開いて、「アホちゃうか」。なんやてッ。こんな時に、私の専売特許を盗用して、なんちゅうキツイお返しや。私は、恥ずかしさに目の前が昏くなって、実は弾かれたように立ってしまって立ち眩みして、ふらふらしながら、恥ずかしくて恥ずかしくて、腹が立って、もう許せん、四の字固めだ。思いつくのに事欠いて、古いですねえ、四の字固めなんて。この頃はプロレスも見ていないからでしょうが、ともかくそう決心した昨夜でした。

その後のことは、女の私にはしゃべれません。もうシャベリ過ぎとるやないか。自分でツッコミを入れて、やっぱり平和なんですねえ。爽やかな朝です。露地植えのチューリップが、赤、白、黄色。春なんです。ささやかに、でも、じゅうぶんに、幸せなんです。翌朝は、大声上げて、「川の流れのように」を歌いながら、掃除機、かけていて、ふと、ゆるやかな川の流れに、身をまかせているような気分になっていました。

あれから、随分年月は流れ、あの昭和は遠い昔になってしまいました。今では私が我が家の天文台で、夜な夜な空を眺めています。あの星かな、この星かな。そうです。彼は星になってしまったんです。

夜空に彼の星を探しながら、ふと星々がいっせいに潤んで霞んで、「なんでウチの許可もナシに先に行ってしもうたん。ほんまに、アホちゃうか」は涙声になってしまいました。

★オレンジ灯列

そのとき、ふと私は、団地住宅で窓の外をぼんやり見ている自分を見出しました。自分を見出す、なんてヘンな感じ方ですが、ここへ引っ越してきてほぼ一年、女房がいない独りっきりの夜をはじめて過ごした遅い寝起き、ふいにそんな気がしたのです。

エライとこに来てしもうてる。急にウソ寒い思いが背筋を走りました。もっとも二月、室内の空気自体もウソ寒かったのですが。

窓の外いっぱいに、まだ一枚の葉も出ていない欅の大樹の枝が、無数に分かれて、まるで人体血管図のように鉛色の空に立ちはだかっていて、その向こうに東名高速の高架が霞んでいます。

エライとこ、と言っても、テレビで東京の大雪を報じていても、電車で一時間近く西へ離れた此処はチラチラとしただけで、気候の温和ないい処なんです。

エライとこ、と言うのは、関西で生まれ育ち、そして七十まで老いた私にとって、想像もしたことのなかったトンデモナイところ、という意味なんです。

ドナイしてんネン、と二人から電話で訊かれました。そして二人とも、そこドコや、そう訊きました。無理もありません。この市の名は私も女房の妹の住む街としてしか知りませんでした。関西に居たとき私が知っていたここらあたりの地名といえば、藤沢、茅ヶ崎、平塚ぐらいで、その近くらしいとしか知りませんでした。湘南っていうやろ、その近くや。そう私は答えましたが、湘南といわれる処よりは北のようで、山はすぐ近くに見えますが海はありません。湘南という名を出したのは、そのほうがカッコいい気がしたんです。

このトシになって今更エエカッコしてもしょうがないのに、先月大木にハガキを出して、こんな処で気ままにのんびり暮らしています。と知らせたのですが、これもエエカッコでした。本当は、転居通知も出していなかった大木にハガキでも書いてみたくなるような寂しさを感じる毎日なのです。

ドナイしてんネン。今年の同窓会は三月二十日や。いっぺん来いよ、と電話をくれた大木に聞いて、幹事に出席すると電話したら、彼にも、ドナイしてんネンと訊かれました。関西が恋しく、本気で行くつもりでしたが、行けない事態になってしまいました。欠席者は近況便りを出せ、とのことでしたので、ドナイしてんネン、に答えるつもりで、この手紙を書くことにしました。

くだくだと書いていますが、此処へ来てから一年、ほとんどまともに誰とも話していない鬱積かもしれません。

近所の人と挨拶ぐらいはしますが、気候についてさえも話した事がありません。この季節、お水取りがすまんとアカンなあ、と毎年言い聞きしたものですが、関西ではいつもテレビのニュースで大きく報道されていた奈良東大寺、二月堂のお水取り行事など、ここではチラとフラッシュ・ニュースで映っただけで、それに関東でもその頃から春の気候になるのかどうかも知らず、話題にできないような次第です。

「なんや、グオーン、音して、目ェ覚めたら、ガチャーン、たんす、倒れてきよって、フウッと、からだ浮いて、ドーン、落ちて、気ィついたら、二階で寝てたはずやのに、窓の外、地べた、でんねん。二階が一階になってたんですワ」

関西にいた頃、数え切れないくらい何度もしゃべった阪神大震災のときの、こんなトークも、ここでは一度話しただけです。

「どこかで爆発事故でもあったのかと思いましたわ。箪笥が倒れてきて、下敷きになっちゃいました」

関東育ちでずうっと標準語の女房が、文章でも読んでいるように話している横から、つい口を出したのですが、関西とは聞き手の表情が違って戸惑いました。

「窓の外、地べた」でエッという感じの顔をしてもらえず、そうなると、二階が一階になってた、と言っても、笑いも来ず、「そのマンションは、一階が駐車場でして、だから柱が少ないもんですから支える力が足りなかったんでしょうねえ」などと、もたもた説明していました。

関西では誰もがあの瞬間の衝撃は共有していて、会話も弾んだのですが、この辺の人には、テレビで見たバーチャルなものにしか過ぎず、反応が違うのは当然だったでしょう。

しかし、その時には、話の仕方がオカシイのかもしれないと、とっさに自分の語り口を振り返ってみると、関西にいたときは気にもしてなかったことですが、グオーン、ガチャーン、ドーン、やたら擬音語を使っていて、その上、箪笥がガチャーンと倒れてきた、と言わずに、ガチャーン、たんす、倒れてきよって、と話し、テニオハも抜けていて、これがオカシイのかなと、関西弁でしか話したことのない者のコンプレックスでしょうねえ、中途から書き言葉風に話そうとしてみたのですが、そうすると今度はもどかしくて、なんや虚しくなりました。「ガチャーン、たんす、倒れてきよって」でなければ、あの時の、あの劇的な事を劇的に表現できている気がしないのです。

「どうもこっちの人とは、会話がかみ合わへんなあ」と女房にこぼすと、

「関西人の話が、オーバーなのよ」と斬って捨てられて、できるだけオモシロク言うのは当たり前やないか、とは胸の内の独り言でした。

本当のところ、あの瞬間、私は、ふと、瓦礫(がれき)の中に埋まっている「自分を見出した」とき、何が起きたのか分かりませんでした。

せめてナンナとオモロイ話にでもせな、何もかも瞬時に失ってしまった自分が惨めに過ぎると、「グオーン、ものごっつい音、して」と話すようになったのは、仮設住宅に入った頃からでした。

大阪の小学校から一緒だった大木、お前はよく知っているでしょうが、私はしょっちゅう人を笑わせるタイプの人間ではありません。子供の頃の人気者というのは、勉強の出来るヤツ、スポーツの優れたヤツ、それと人を笑わせるヤツで、勉強やスポーツではどうにもならない私は、せめて面白いことを言いたいと思っていたのですが、現実には、ギャグなど思いつかず、こう言えば良かったと思いつくのは、いつも会話がすんだ後でした。

それでも私は、遅れて思いついたギャグを忘れず記憶し、また他人の面白かった話も記憶して、使う機会を待っていました。ごくたまにチャンスが訪れて笑いを取れたこともあり、そんな時の嬉しさは格別で、その同じトークを何度もしたりしました。

自分の記憶と、どこかで聞いた他人の見事な語り口をない交ぜにして出来上がった、この地震の瞬間を語るトークが受けて以来、公式みたいに、こうしゃべり、いつも会話を転ばせる笑いは取れたのでした。

それを、まったく真面目な顔で聞かれたとき、私は狼狽（ろうばい）しました。別のアドリブなど急に思いつくはずもない私ですから。

女房にまで、オーバーな言い方だと、敵に回ったような事を言われて、私は寡黙な毎日を過ごすようになりました。

女房まで敵に回ったなど、ヘンなことを言いましたが、これは今、思いついたアドリブです。地震の後、女房が神経をやられて痩せ細り、仮設住宅で毎夜のようにうなされるのを見て、いっそ遠く離れて、女房の生まれ育った関東、しかも息子のいる東京の近くへ移れば良くなるのではないか、自分はちょいちょい関西へ帰ればよいではないか。そう思って転居したのです。その狙いは当たりました。女房は近頃生き生きしています。昨日も、近所に住む妹とチョンチョン（これも関西風効果音の一種でしょうか）温泉に出かけて行きました。それはいいのです。元気になってくれたのは本当に嬉しいのです。しかし、関西人の私がこんなエライ処へ来た心情も分かってほしいという気があるのです。駅のエスカレーターで急ぎの人のために右に寄っていたら突き飛ばされ、気が付くとこちらでは、関西とはまったく逆に、何故かみんなが左に寄っていて、まわりからの非難の目が私に向かっていました。敢（あ）えてこんな処へ来たのです。

それを、関西人の話はオーバー、と四十年も連れ添ってきた今になって、簡単に斬って捨てられると、小早川秀秋の裏切りにあった関ヶ原の心境になったのです。

ここで少しは笑っていただけたでしょうか。この程度でも笑っていただけないと、私の話には笑うチャンスはないかもしれませんよ。

もともと口数の少ない目立たない男だったじゃないか、と大木は言うかもしれません。そう言われると、もう一つの、「自分を見出した」物語をせねばならないでしょう。

小学校三年生のとき、私は先生やみんなを驚かす事件を起こしました。高野山へ一泊の遠足に行った夜の肝試しで、翌朝まで行方不明になった事件です。

朝になって、私は、墓石を枕に、目を覚ました「自分を見出した」んです。

道に迷ってヤミクモに歩き回り、精も根も尽き果てて眠ってしまっただけのことだったのでしょうが、それを、何かに導かれたような気がしたと、「受け」を狙って言い、かえって周りの気を退かせ、後悔しましたが、実はあのとき、二列に並んだ火の玉みたいなものに導かれるように、その間を歩いていたという、幻のような記憶もあるにはあったのです。

一昨日の夜遅く、実は私は、東京の病院で癌の可能性が極めて高いと告げられて、揺れる思いを胸に、息子の運転するクルマで東名高速を西へひた走っていました。助手席の私は、真っ暗な闇の中、タイヤの道路を軋(きし)る音ばかりの静寂に包まれて、両側高くオレンジ色のライトが並んで点いていて、そのライトが次から次へと左右を飛び去っていくなか、私が見つめる前方、二列に並んで続いて光っているその灯の列は、はるか先で二列の間隔が次第に狭まって行き、左にカーブして虚空の一点に集まって見えて、そこにふと菩提寺が見えたような気がし、その一点へ向かって自分が物凄い速さで吸い込まれて行くようで、西方浄土、そんな言葉が頭に浮かんだのでした。そしてそれは小学生のとき見た火の玉の列は、こんな風だった。ふとそんな気もしました。

しかし、本当は、高野山での事は疲労困憊（こんぱい）の末の眠りの中での夢だったんでしょう。そしてその夢は恐らくその二年前、兵庫県丹波の田舎町、祖母の初盆の墓参を終えた夜、盆踊り見物の帰りに通りかかった菩提寺への入り口、ふと立ち止まって昼間初盆だった祖母の墓参に訪れたその寺の門が、通りから二、三十メートル奥にあり、その門への細い道の両側に灯火の列が続いていて、その鈍い光の列の奥へ吸い込まれそうな恐ろしさと育てられた祖母への懐かしさがない交ぜになった不思議な感情に襲われたのが、その後長く記憶にあった。高野山での夢はその記憶のフラッシュ・バックだったのではなかったか。だが、それは後年思いついた推測で、幼いそのときの私は、秘かに別の恐怖におののいてもいました。

それを説明するには、また別の古い、私の「自分を見出した」物語をせねばなりません。

それは小学校へ入る前くらいだったでしょうか。一寝入りしてふと目覚めた夜半、襖（ふすま）越しにこんな父母の会話を聞いたのでした。

「今晩は、あいつ、大丈夫みたいやなあ」

「ほんま、昨日の晩は、びっくりしたわ。床の間でジャージャーおしっこしてるんやもん」

「もう何べん目や、呼んでも気ィつきよらん。恐い顔して目ェ吊り上げて、ゾッとするわ。これが俺の子かってなあ。お前どこぞで仕込んで来たんちゃうか。うちの血筋にはあんな人間、一人もおらへんでえ」

「ようそんなこと。あの子のこと、ウチがどれだけ心配してるか」

「冗談やがな。大きうなってから、とんでもないことするんちゃうか、思うたら、恐い気してるんやがな」

「どないしたらええやろ。そっちのほうの病院へ、連れて行ってみんとアカンやろか」

私は、父母に問い質しませんでした。じゅうぶん子供心にも分かっていたからです。

夜半、父母の大声で、ふと気が付くと、とんでもない所を走り回っていたりしている自分を「見出した」ことが、何度もあったのです。寝ていたはずの自分がいつ起き上がったのかさえ全く覚えていませんでした。

何かの病気というよりももっと恐ろしいものという思いに苛(さいな)まれました。無意識で何かをしてしまう特別な人間に生まれついてしまったのではないかという恐怖でした。

その時、死んでしまっていてもう居なかった祖母への思慕に泣きたくなりました。父母で小商いをしていた関係でしょう、私は幼時父母から離れて祖父母の許で甘えて育ちました。だから祖父母にはわがままいっぱいに泣き喚いたりして育ちましたが、父母には自分を曝け出せずエエカッコしたい小学生でした。祖父母の死後父母と一緒に暮らすようになっても、悩みを親には相談できず自分で抱えている子供だったのです。

だが、一年、二年、そんな夜中に意識なく行動するということもなくなって、忘れかけていたのに、高野山の墓場、でした。治っていなかったのです。それどころか、今度は、眠っている間にではなく、まだ起きているとき、眠る前にやってしまったのです。

私は引っ込み思案な子になりました。同級生の諸君には、ネソ（寝てるみたいにおとなしい奴）と綽名されていたようですねえ。

しかし、誰に聞くともなく、夢遊病、というおぞましい言葉を知り、多分自分は、それなのだと思うようになって、そのことを他人に気付かれまいと心配しながら過ごすようになっていたのです。何事も起こすまいと、いつも自らを押しとどめて生きてきたのです。

それなのに、十六歳、とうとうやってしまいました。

昭和二十年八月のあの夜半、私は、兵隊たちと一緒に来ていた和歌山の沿岸陣地構築現場の宿舎から単身脱走したのです。

「ネソがコソしよった」、つまり、ふだんおとなしいヤツにかぎって、トンデモナイことをする、という古来大阪で言われた言葉で、後日君たちの噂話になったようですねえ。

ただ逃げただけのことですが、同い年の諸君にはよくお分かりのように、当時すでに軍隊に組み込まれていたような中学生の無断逃亡は、大変なことでした。

「お前、丸一日以上も歩いてきて、その間にいっぺんも正気に返らへんかったんか」と母親は顔色を変え、弟妹にも会わさずに、私を防空壕の奥に隠して食べ物を運んできてくれました。明らかに夢遊病扱いでした。

ご記憶と思いますが、父親と変わらぬ年配の鉄砲も持たない補充兵たちと一緒に、私たちは山腹で穴を掘っていましたねえ。

毎日、上空をB29の編隊が悠々と北へ行くのを見て、そのたび大阪がやられるのを想像し、父が徴用されて母と幼い弟妹だけでいる家を心配しました。それに、しばしば敵の小型機がやってきての機銃掃射で、逃げ惑う毎日でしたねえ。鶴嘴（つるはし）とシャベルだけの穴掘りは思うように進まず、「早く造らないと敵が上陸して来た時の隠れ場所もないぞ」と怒鳴る兵隊の声に、敵の上陸は間近い。このままでは此処で死ぬ事になる。どうせ死ぬなら大阪で母と弟妹を守って一緒に死にたい。線路伝いにでも歩いて大阪へ帰ろう。そう思ったのでした。もちろん正気で決心したつもりでした。

だが、後になって、それが本当に正気と言えただろうか、すでに狂気、つまり夢遊病を起こしていたのかもしれない。とも思うようになりました。もし捕まったら、と想像しなかったとは、思えば狂気の沙汰でした。

それからの何十年も、ずうっと私は、この夢遊病という、誰にも言えぬ心の傷を抱えて生きてきたのです。サラリーマン生活、ひたすら小心に、前にシャシャリ出たくなるのをこらえてこらえて、定年になり、どうにか発作を起こすこともなく過ごせたことに、本当に本当にホッとしていました。

しかし、定年後間もなくのことでした。テレビを見ていると、夢遊病の解説があり、それは、幼児期の脳の発達状態によってよく起こりうる一時的な現象で、一般的には発育とともに消滅するものだというのです。

衝撃でした。まったく知りませんでした。はじめて聞いたのです。

だが、私にとっては、納得できる話でした。小学校三年生の時の高野山事件が夢遊病のせいだったとは、ずうっと半信半疑でしたし、まして、十六歳終戦直前の逃亡が、たとえ思慮を欠いた行動だったとしても、夢遊病によるものだったなんて、自分ではどうしても信じ切れなかったのですから。

夢遊病と言うトラウマが瞬時に消えたとき、私の胸の中にあった別のものが急に大きく広がったような思いがしました。

四六時中の怯えから解き放たれて、やっと正気に戻ったとき、逆に私は狂気にとり憑かれたようでした。私は「幸運という星の下に生きている」という狂気のようなものだけが、胸に座を占めていたのです。

実は、その自分の運に対する謂れのない過信は、夢遊病に対する心配とともに、もう何十年も車の両輪のように胸の中にあったのでした。

和歌山からの無断帰宅という、無謀な幼い行動をやってしまったにも拘わらず、何事もなく済んだのは、数日後に終戦になったという幸運だった。と思えるようになったとき、俺はツイていた。ツイてる男なんだという過信が生じたのでした。

サラリーマン時代にも、中南米への出張決定後、急性肺炎を患い、その入院中に、代わりの出張社員がゲリラに襲われて死ぬということがありました。やっぱり私はツイている人間なのだと、胸のうちで確認しました。

それからの私は、退職金でマンションを買い、住みながらのマンション転がしをはじめました。買っては高く売り、また買っては高く売り、調子に乗って生き生きと暮らしていました。一度も損をしたことはなく、日に日に自分の持ち物の不動産の評価が上がって行くのです。こんな時代に生まれ合わせた自分の強運を疑いませんでした。やがて最初と比べれば十倍近く高い値の阪神間の高級住宅地のマンションに住むようになっていました。

そして、ある日、私は、瓦礫の中に埋もれている「自分を見出した」のです。すべてを失ったのです。運の強さもまた、夢まぼろしに過ぎなかったことを思い知ったのです。保険を掛けていたことだけは幸いとも言えましたが、それも住宅ローンの残債がある以上返済が出来たというだけのことで、銀行の通常の手続きで強制的に入っていたに過ぎず、運が良かったわけではなかった。むしろ調子に乗って次々ローンを高額にしてきたことで何も残っていないという事態になっていたのでした。

成人してから、幼児の頃の夢遊病こそ治ってはいたが、思慮の浅いお調子者、関西でいう「イチビリ」に過ぎなかった、という自分をも、「見出した」のです。

ここまで書いてきましたが、こんなものを送ることなどできるはずはありません。別に次のハガキを書いて投函しました。

前略 行くつもりだったのですが、体調を壊し今年も失礼します。皆様によろしく。早々

いそいそと旅行に出ようとしていた女房には、近日中にまた病院で検査入院をしなければならないとしか話さなかったが、一昨日行った病院で、前立腺の組織検査を受けることに決まっていた。腫瘍マーカーの数字が異常に高いと血液検査の結果を知らされ、癌である疑いが強い、と告げられていたのだった。

気がつくと、もうあたりは薄暗くなりはじめていた。インスタントのカップ麵を食べただけで、これを書いているうちに一日がもう終わろうとしているのだった。だが、まだ四時になったばかり、関西と違って関東の日暮れは早い。あっという間に日が暮れるのだ。みるみるうちに戸外は暗さを増して行き、オレンジの灯の列が東名高速の上に見えていた。

そのオレンジの灯の列のはるか彼方に、ふと菩提寺の門が見えたような気がした。

ふとしたことで知り合った女房が、故郷を遠く離れた関西に住み、思わぬ災害に遭った。彼女はきっと、年上で男の私が先に死んでしまうのを覚悟しているだろう。兄弟姉妹はもちろん、自分の息子すらいない処で、その後独りで暮らす寂しさを思っているだろう。口には出さなくとも関東へ帰って暮らしたい。そう思っているに違いない。私は熟慮したつもりだった。そして自分自身の方の弟妹を驚かせた関東への転居だったが、こんな先祖の墓から遠く離れた処での自分自身の終焉（しゅうえん）については深く考えてはいなかったのだった。

この出せもしない手紙を書き続けたのは、重く脳裏を蔽（おお）っている癌への恐怖のせいだったろう。私には、もう自分の運への過信などあろうはずもなく、むしろ最悪の告知をされるという恐怖のみがあった。もう関西へ帰れることもなく、覚めぬ夢の中へ入って行くという予感めいたものに重く支配されているのだった。

この手紙は、破って棄てると決め、私は最後に、こう書いた。

病院で告知を受けたら、夜の東名高速を走ろう。両側に点々と連なって灯るオレンジ・ライトの間を、その灯の列にしたがって、ただひたすら、西に向かってまっしぐらに、夢まぼろしに入って走ろう。

解説

佐藤洋二郎

尾崎一雄は、生前、宗教や哲学と文学の違いについて、「何によって自分を見ていくかという場合に、宗教だとか哲学だとかいろいろあるけど、結局文学が一番自由だし広いからという気持ちがある」と言っている。わたしはこの言葉が好きで、小説はどんな書き方でもいいし、想像力で未来も過去も書ける。自分の心の奥底にも入っていける。絵画や音楽よりもより感情表現ができそうだし、文章修行を積めば具体的に伝えることもできる。そこが書く人々を虜にするのではないかと思っている。

その尾崎一雄は生命・経済・家庭・思想の危機、この四つの危機のうちどれか一つも持たないような者は、私小説を書く資格がないとも言っている。病気や貧しさ、家庭のいざこざなど人は危機を前にして、さまざまな感情を切実に書く。そのような危機を孕んだ人間や他者との関わりによって、小説は深みを増すとも述べている。逆にそれらの一つの危機について悩んだり、苦しんだりする者は誰でも書けるということになってくる。

書けない時にこの言葉を頼りに生きてきたが、わたしが私小説を好きなのは家庭や小さな世界を描いて、生きるという大きな世界を構築できるからだと考えている。世界には戦争や政治などをテーマに、そのうねり中で翻弄される人間群を描いて、深い感動を呼ぶものはたくさんあるが、なぜかわたしは私小説のほうに目が向く。私小説家の多くは家族をおざなりにして、生活を破綻させる作家もいるが、彼らも文学の磁場で戦争をしているということになるのではないか。そういうと冷ややかな視線を投げられることもあるが、そこまでして書くという行為は、なんなのだろうと思案することはある。

自分がなぜ小説を書くのか今以てわからない。犬が自分の尻尾を噛もうとする行動に似ているが、その徒労の繰り返しで生きてきた気もする。この小説集に収められた作家たちの作品の傾向も、大部分は私小説的なのでふと我が身と照らし合わせて、またそんな考えが浮かんできた。

西田宣子「凪の海」は独りで喫茶店をやっている五十すぎの女性が主人公。彼女には若い頃、同じ職場にいた男と一緒に生活をしていたが、別れた後はずっと独り身だ。少しだらしなく覇気のない男に、親も周りの人間も好感を持っている男ではなかったが、若かった主人公は逆に意固地になって暮らすようになる。だが二人の関係は破綻してしまう。

その苦い過去を身の内に抱いて生きてきたが、今は落ち着いた生活の中にいる。そんなある日、一人の画家がやってきて、ながらく誰も住んでいない彼女の実家を借りたいという。その家は海沿いの町にあり、景色もいい。主人公も気に入っている。ただいつまでもそのままにしておくと、廃屋になってしまうという懸念もある。

相手は悪い男でもない。叔母の知り合いということもある。画家としても名が通っているらしい。古びていくよりはと思って貸すことになるが、海の風景ばかり描く画家の過去が、徐々に輪郭を持ってきて濃い影のように浮き上がってくる。画家には妻がいた。その妻には愛人がいて、彼らが乗っていたフェリーから彼女だけが身投げをしてしまう。

お互いに心に傷を持った中年の男女の人生が、抑制された筆致で書かれた作品で、読後に、風の後を追うさざ波のような不安が胸の奥を走る。生きることの哀しみやせつなさが心にしみてくる。文章に伸びがあり、二人の男女の心の痛みがうまく捉えられていた。

荻悦子の「ドアが開いて」は高校生の僕を通して、祖父母や大叔母、両親の日常や関係を書いた作品。父は大学の教員で、親族も海外暮らしが豊富で、それぞれの生活も安定している。一見つつがなく生きている家族の風景を静かに見据えた作品で、上辺は穏やかに流れている瀞のような生き方がよく描かれている。

家族の「族」という文字は、弱い人間が群がり集まって生きることを指す。それが親族、一族、民族になって国家を成す。その最小単位が家族ということになるが、身近にいて、関係性が濃くなる分だけ軋轢も生まれるし、あまえも出てくる。いざそのことが拗れてしまうとよけいに諍いは増すが、そのきわどい関係をうまく切り取った作品だ。深く関わらずに書くことによって、濃密な関係性が重く横たわってくる。書きすぎれば逆に見えてこなくなるものがあるし、書かずに感情が立ち上がってくるものがある。

生きていて幸福だと思えることは少ない。またあったとしても一過性のものだ。そう感じたとしても、明日には不幸の萌芽になることだってある。当然その逆もある。悲観の中に次の幸福の萌芽はあるし、幸福の絶頂から枯れ落ちていく花もある。作品は深く立ち入らないことによって、その両方の視点を読者に委ねている。書き手の勝利と言えるかもしれない。

各務麗至の「桔梗」は父親に愛人がいてこどもまでいる。父母の諍いは絶えない。そのことで母は亡くなり継母が家に入ってくる。幼い少女は彼女を嫌いいじける。人は親を選んで生まれてこられるわけではないし、まして生きる環境を望んで、この世に生を享けるわけではない。しかしわたしたちはなにがあっても、あるいは劣悪な環境でも生きていかねばならない。なぜなら生きている間が人間だからだ。生きていれば潮目は変るし未来もひらけてくる。

そしてわたしたちの人生はどんな生き方をしても、幸福と思える日々は少ない。生きる手応えは幸福の中にあるのではなく、それを摑もうと頑張っている時にこそある。たった一人の恋人も、たった一つの書物も、老いて振り返るいい思い出も、懸命に生きなければ手に入らないはずだ。そんなことを考えさせられる作品だった。

　やがて主人公は独りで喫茶店をやって暮らしていくが、借主の大家から思いもかけない彼らの秘密を知ることになる。苦労して生きてきた継母や幼かった父母の生い立ちを、同級生だった大家から教えられた主人公は茫然とするが、作品は慈愛に満ちた上質の短編だ。やさしさは人間だけが持つ特権だが、小説はよく練られていて、人間の複雑な感情をやわらかく捉えていて秀逸な作品だった。

　小説を書く上で重要なことは「読む」「見る」「書く」ことだと、二十代の頃、同人雑誌を主宰していた人物から教えてもらったことがある。書物を読む。物事や人間をよく見る。そしてたくさん書くことだと言われた。読書をすれば擬似経験をするし、文章の書き方も勉強になる。見るということは物事や人間を観察ということだろう。たくさん書けば必ず筆力は上がると諭された。

　寺本親平「霹靂神」を読み進んでいると、その言葉が改めて浮かんできた。個人的には文章は描写が重要だと考えているし、風景、人物、情景描写もみな心理描写だと思い込んでいる。また「文章」は物事を言葉で人間の摩訶不思議な感情を、「章かに」することだ。ちなみに「摩訶」とは古代梵語で、たくさんとか非常にという意味で、「不思議」とは人間がさまざまに考えても判断が及ばないことを指す。

つまり世の中にはわからないことがたくさんあるということだが、その最たるものが人間の感情ではないか。そしてわたしたちは理解できないものの中心に神や仏を置いて、さもわかったふりをして生きていく。その摩訶不思議な感情を文章で形つくろうとするのが、文学や小説ということになるのではないか。

それにはなによりも描写力が必要だろう。「霹靂神」はその力が冒頭から発揮され、登場人物たちの心の襞を撫でていく。いい目をした作家だと感じた。小説は山奥に入り込んだ男が、老女とその娘である女に性的関係を強要されたり、蹂躙されるような生活を送るのだが、少しもいやらしさがない。むしろ幽玄な世界が広がっていて、作品を構築しようとする筆力を意識させられた。

波佐間義之「鶴舞い」を読んでいる時、ちょうど若松・志賀島・大島を歩いていて驚いた。若松では火野葦平記念館を、志賀島では岡松和夫さんの小説の舞台の空気を吸っていた。驚いたのは波佐間氏が火野葦平も関係していた「九州文学」に携わっている作家だと知っていたからだ。

このことはただの偶然にすぎないが、勤務先の若い教員に、以前、火野葦平のことをやったらどうかと勧めたことがあるし、今回の道行きは早稲田の英文科を出た大学の同僚と一緒だったからだ。昔の私小説家には火野葦平・宇野浩二・小沼丹・高井有一などあんがいと早稲田の英文科の人間が多く、彼らが英訳された外国小説を早く読んで、知識を得ていたことがわかる。勉強の度合いは近年のわたしたちとはずいぶんと違う。

作品は同じ役所に勤めていた一歳年下の男性と所帯を持った女性の話。夫には同僚の愛人がいて身籠っている。だが主人公は一人娘のために離婚を留まる。そして彼女は早期退職する五十五歳の時に癌を再発する。二人に一人が癌を発症する時代を思うと、ここに書かれた日常はどこの家族にもある。そういった意味では今日的な作品だといえる。

小説は主人公のことを「あなた」という言葉で構築していて、はじめ誰の視点から書いているのだろうと思っていたが、最後にそれは主人公の「魂」だとわかってくる。死に行く主人公を彼女の「魂」が、それを見届けているという設定だが、作品には違和感がなく、熟練工がつくる精緻な高級品という気がしてくる。筆力があり、ものを見る目が定まっているので、書きたいテーマがあれば、上質な作品をいくらでも書ける作家だと思った。作家修行は文章修行という言葉もあるが、そのことを体得している佳品だった。

花島真樹子「鏡の中」の主人公は学生時代から付き合っていた男性が、上司の娘と突然結婚し悲観にくれていた。そんな時期に友人に紹介された男性と知り合い、結婚した女性の話。夫は強い出世欲もない。妻の世界にも立ち入ろうしない。上辺は静かな生活を送っているが、主人公の心の底には空しさだけが重く横たわってくる。

彼女は六歳の時に実母と死に別れ、その後、父親は四度も結婚をする。亡くなった時には彼女のことを気にしてか、あるいは負い目を感じていたのか、彼はほとんどの財産を主人公に譲り渡した。そのために生活の不安もない。だが渇いた心に水を求めるように浪費癖は増すばかりだ。その彼女は鏡を見るのが好きだ。その先には別の世界が果てしなく続くように感じている。いろいろなことを夢想し、鏡の中は幸福に満ちている世界。その中に身をおくことでかろうじて生を意識する。

ある日、その鏡に庭先に積もった雪景色が映し出されていた。彼女はその景色に誘われるようにして、こどもの頃に夢見ていた世界に入っていこうとする。そのうち家を出て雪道を走っていくが、事故に遭遇しあっけなくこの世を去る。夢想と現実の狭間を行き来する人間を描いた作品だが、すでに病んでいるのかもしれない。病んでいるからの幻想や夢想ということになるが、小説は孤独の穴を埋めきれない女性の哀しみがあり、その唐突な死さえも生きることの強い願望だと思われてくる。

土井壮平「昭和ものがたり、ですネン(二)」は「一枚の写真」「アホちゃうか」「オレンジ灯列」からなる短編小説。いずれも大阪弁で書かれた作品で、ユーモアにあふれおもしろい。人間は一人では泣けるが一人では笑えない。笑うには相手がいる。ユーモアは生きる糧になるが、「一枚の写真」はバブル経済のおりに不動産に手を出して、詐欺まがいの手口にひっかかったり、脱サラしてつくった会社を、「パー」にしてしまった夫婦の悲哀に満ちた作品。「アホちゃうか」はその夫婦の話を飄々と書いたものだが、よく人間が描かれていて、明るいがしんみりとさせられる好短編。男と一緒になる前の妻の本音が人間味たっぷりで、人物が立ち上がっていて実力を感じさせる作品だった。

以上、いずれの作家も小説を書く姿勢が真摯で、今日の商業雑誌に載る若い書き手たちのかいわれ大根のような促成の作品と違い、浮ついた文章や思い込みの強い作品もなく好感が持てた。それぞれの作家の人生が作品の向こう側から見えてくる気がして、姿勢をただして読んだ。身勝手な技巧に走らず、自分の書きたいものを書くという感情がストレートに届いてきて、読み手のこちらも久しぶりにいい経験をさせていただいた。

八木義徳は文学の世界は、才能に一切を賭けて生きる世界、その才能は地下資源のようなもので、そのことは他者の目によって発見されると言っている。また彼は、小説とは結局人間を描くことだと言い切っている。この小説集にはそのことを強く意識しているものばかりだ。偉そうで目線の高い選評になったことはお許し願いたい。あとは多くの人たちに読んでもらいたいと切に願っている。

平成三十一年一月十五日、平成最後の年に。

季刊文科セレクション（2）

平成三十一年三月　五日初版第一刷印刷
平成三十一年三月十六日初版第一刷発行

定価（本体一八〇〇円＋税）

編　著　季刊文科編集部
装　丁　中島かほる
装　画　和田佳子
発行者　百瀬精一
発行所　鳥影社（choeisha.com）
東京都新宿区西新宿三―五―一二―7F
電話　〇三―五九四八―六四七〇
ＦＡＸ　〇三―五九四八―六四七一
長野県諏訪市四賀二二二九―一（編集室）
電話　〇二六六―五三―二九〇三
ＦＡＸ　〇二六六―五八―六七七一
印刷・製本　モリモト印刷・高地製本

乱丁・落丁はお取り替えいたします

ISBN978-4-86265-733-6 C0093